うらよみ時評

斥候《ものみ》のうた

地軸がズレた列島の片隅から

磯貝治良

一葉社

うらよみ時評　斥候《ものみ》のうた
——地軸がズレた列島の片隅から

目　次

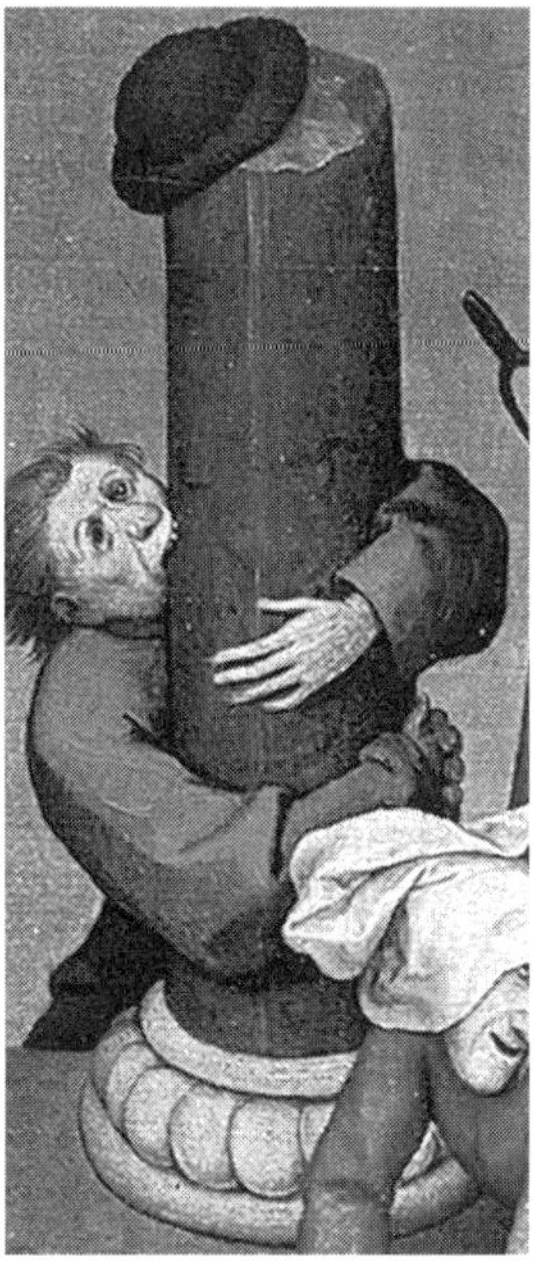

「柱を嚙む人」（偽善者）
P・ブリューゲル〈父〉
『ネーデルラントの諺』
より。各扉絵、以下同。

装画／ピーテル・ブリューゲル〈父〉
『ネーデルラントの諺』
（１５５９年・ベルリン美術館）
装丁／松谷　剛
初出／『人民の力』２０１１年４月１日・９３９号〜
２０１８年１月１日・１０７３号

2011年

「猫に鈴をつける」（企みがかえって悪い状況に）
「歯まで武装する」（よけいな重武装）

2011年4月1日

アメリカのゴーマニズムと従米

アメリカ国務省の日本部長メアなる人物が、許しがたい発言をした。いわく「沖縄の人は日本政府に対するごまかしとゆすりの名人だ」「沖縄の人は怠惰で（ゴーヤーも）栽培できない」「（普天間飛行場移設問題について）日本政府は沖縄の知事に対して、お金がほしいならサインしろ、という必要がある」「日本の文化は合意に基づく和の文化だ。日本人は合意文化をゆすりの手段に使う」などなど。発言の全文を読んだが、まったく愚劣。かつて日本人を「黄色猿」と呼んだ、蔑視とゴーマンのオリエンタリズムそのままだ。大学生たちに「日本に行ったら本音と建前に気をつけるように」とも言ったというが、オフレコの約束に気を許して本音を言ったのだろう。

沖縄の人々の怒りは心底に達した。沖縄県議会は発言撤回と謝罪を求める決議を全会一致で可決した。幾つかの市議会も同様の決議をした。それにひきかえ日本政府はどうか。官房長官らがお決まりの「遺憾の意」を表明した程度だ。本来なら国会で発言撤回と謝罪要求を決議すべきだろう。最低でもオバマ大統領に謝罪させるべきだろう。

日本国のアメリカ隷従は極まっている。その原因にはながい日米関係の歴史がある。あえて不適切表現をすれば、日本はアメリカに〝レイプ〟され続けてきた。ペリーの黒船襲来に始まって、戦争で痛めつけられ、無差別殺人の極である原爆投下。戦後は占領されて植民地になった。いまなお沖縄をはじめ横須賀、岩国、横田など軍事的植民地が続く。戦後、アメリカのおかげで日本は民主主義国家になったという人もいるが、アメリカの鶴の一声でゼネストをつぶされた痛みは消えない。アメリカに教育された民主主義が張りぼてだったことは現状が証明している。

鳩山政権が「対等な日米関係」を唱えて、普天間移設問題でせっかく「国外」、最低でも「県外」の方針を打ち出したのにアメリカの圧力でつぶされた。あのとき私たちはアメリカに強く抗するべきだった。小鳩君を転ばせたのは日本人全体のアメリカ隷従意識だったのかもしれない。アメリカに〝レイプ〟され続けてきた歴史の膿は日本国家だけではなく国民意識をも浸蝕している。

〝失言〟の効用

政治家の〝失言〟というのはホンネと考えて、ほぼ間違いない。そのホンネにはなかなか味わい深いのもある。

最近の〝失言〟に民主党政権の官房長官だった仙石氏の「自衛隊は暴力装置」発言がある。この定義は「警察権力は暴力装置」という言葉とともに、かつて一世を風靡(?)した。反体制運動、反権力闘争が影をひそめて以来、聞かれなくなった。「自衛隊は暴力装置」というのは、すべての軍隊がそうであるように、世界の常識である。たとえば阪神淡路大震災のとき、人命救出作業では自衛隊は消防隊やレスキュー隊に比べて劣った。それもそのはず。人命救出とは反対に戦闘(人命を奪う)訓練に重点を置く組織なのだから。これは自衛官を侮辱して言うのではない。戦争行動、治安活動を除く、たとえば災害救援などは少なからず期待している。

仙石氏が「暴力装置」を「武力装置」に修正したのは、残念。

〝失言〟のもうひとつ。鳩山前首相が米軍基地の存在を外敵に対する「抑止力」と言ったのは、「方便」だったと発言した。仏教語を持ち出したのは粋だった。なによりも正鵠を射ていた。政治家たちが口を揃え、国民の多くもそう錯覚しているらしい「抑止力」が「嘘も方便」の嘘なのは、これも世界の常識なのだから。在日米軍基地についてアメリカ市民はどう見ているか。約十年前に朝日新聞とハリス社が共同で行なった世論調査がある。結果は「日本の軍事大国化を阻止するため」が49％、「アメリカの世界戦略の必要から」が34％、合わせて83％。「日本の防衛のため」はわずか12％に過ぎない。

時評子は小鳩君のファンではないが、「正直者」なのは認めざるを得ない。

5月1日

あの光景を目にして語れるか

東北東日本大震災が発生してから一か月あまりが過ぎた。国とメディアは「東日本大震災」と名付けたようだが、わたしは「東北」の二文字を外すわけにはいかない。

三月十一日午後、地震と津波による筆舌に尽くしがたい惨状を知ったとき、最初に浮かんだことばは「なぜ、東北なのか」だった。千葉県をはじめ関東圏をも襲ったことはわかった。霞が関か千代田城が襲われたのなら未だしもとは勿論、言えない。でも、なぜ東北なのか。

日本列島の「地方」と呼ばれる地域は貧困と苦難の歴史とたたかってきた。沖縄、九州南部、日本海側、北海道など。なかでもまっさきに「東北」が浮かぶ。間引き、身売り、口べらし。そんなことばが浮かぶ。

五十数年前になるが、浅草に近いところの地下鉄工事現場で数か月、働いたことがある。人の白骨がいくつも出てきた。無縁仏になった吉原かどこかの遊女のそれだ、と聞いた。江戸時代に東北地方から売られてきた娘たちの骨だ、と思った。都会の人間が「東北の人はがまん強い」と言う。そんな表現に、よそよそしさが感じられてならない。

倒壊した建物、想像を絶する津波の猛威、消えた町、瓦礫のヤマ、失われた暮らしの残骸。その映像を見つづけるうちに、震災について話すことはできなくなった。口が凍えるといっては誇張になるが、昨日と変わらない暮らしを送るものが何か言えば、それは川の対岸からあれこれ評定するに等しい。それで書くことも、語ることも、やめることにした。ある新聞が、何か書け、と言ってきた。モノ書きとしてなのか、二〇〇〇年の東海豪雨で二メートルの浸水を体験したからなのか。理由を聞くまえに即座に断った。

ならば何か行動できるのか。阪神淡路大震災のときには、発生からかなり経ってからだったが、連れ合いが加わっていたグループに便乗して駆けつけた。いまは足手まといにならないという自信がない。わずかな義援金を送ることしかできないのが、悔しい。

「国難」とナショナリズム

とはいっても、口あるものは語らなくてはならない。この時評を借りて書き始めることにする。「国難」ということばが飛び交っている。３・11以後、この国が直面する難局はまさにそのとおりだ。原発事故が引き起こしているさまざまは、日本だけの「国難」ではない。それはボーダーレスに広がりつつある。だから、右も左も、北も南も、富者も貧者も、こぞって汗をかかなくてはいけないと思う。それにつけても思い出すのが、「国難」のさなかに開かれた国会での一場面。自民党議員（名前は忘れた）が質問のなかで、菅首相が被災現地に行く方針を決めたことと原発事故に対する対応の不備を追及していた。鬼の首でも捕ったように居丈高に。総司令官がなぜ司令部を留守にするのか、事故の対策はどうなっているのか、と。あれにはあきれた。原発推進を国策としてあちらこちらにそれを建設させたのは、自民党政権ではないか。民主党はたしかに原発容認に日和ったとはいえ、いまその尻拭いをさせられている。人間としての品性の欠如。ああいう手合いを政治権力の一端に持った民の悲哀を、しみじみ感じた。

話をもどす。ある種の人びと（たとえば政治権力を持っている人）の言う「国難」には、どこか胡散臭いところがある。「挙族一致、困難な戦局に立ち向かおう」みたいな臭いが付きまとう。「国難」の合唱にナショナリズムの高揚を感じるのは、うがちすぎだろうか。あながちそうとも思えないのが、あの「日本がんばれ」「がんばれ日本」。それを言うなら「がんばれ東北」「東北がんばれ」ではないか。いつのまにか「日本がんばれ」が「東北がんばれ」を横領した。頑張るしかない状況にある人に、さらに「がんばれ」は酷だとも言えるが、それはさておき、「国難」の合唱にナショナリズム高揚の影を感じるのが、時評子の色眼鏡、勘ぐりの故なら、幸いだ。

外国のメディアが、大災害に直面しながら暴動も起きず秩序正しく冷静にふるまう「日本人」のすばらしさを礼賛したという。日本のマスメディアはこぞってそれを報道した（スーパーなどで義援金箱が盗まれたり、被災現地で盗難が続発したり、それは言うまい）。わたしたちはおおいに鼻が高い。しかし、その報道の語り口のウラに自己愛、自賛はないか。排外的なナショナリズムが蔓延する、この国の政治／思考風土だからこそ、時評子は気にかかる。この国には二百万人をこえる外国籍者が暮らしている。「日本人」礼賛が、その人たちの苦難を見えなくする。

それにしても、テレビに登場する御用学者とは、一体なんだろう？　原発推進に加担し、「安全神話」の片棒を担いできたのに、謝罪のひとこともない。被害の過小評価に汲々として。

6月1日

無責任の系図

戦後日本の六十六年を眺めていると、ある系図がきわだってくる。それは無責任体制の系図。元祖は言うまでもなく天皇（制）。昭和天皇が侵略戦争、植民地支配／帝国の責任を取らなかったために、わたしたち国民も安心して責任回避を旨としてきた。出来上がったのが国家／社会全体をおおう無責任の体系。

付け加えれば、天皇制は差別の元祖でもある。部落解放運動の父と呼ばれた松本治一郎は、「貴あれば賤あり」と喝破した。明仁天皇はじめ皇族方が東北・首都圏の被災者を見舞う映像は〝美しき光景〟であるが、思いっきり斜め読みすれば、巡幸の亜種と見えなくもない。被災者のなかには（東北という地勢的・歴史的位相からすれば当然）天皇制に疑問を持つ人もいるはずなのに、カメラはそういう人を排除しているのだろうか。

無責任の系図にゴシックで書かれているのが、アメリカ軍政への沖縄売り渡し、アジアの人びとに対する無反省と戦後補償のサボタージュ、朝鮮半島政策のいびつ――その他もろもろ。

そして系図の辿りついた今を表象するのが、原発事故をめぐる無責任のあれこれ。政治権力のゴマカシや東電のウソは、被害者と世論の矢面に立たされている。当然のことだ。しかし、時評子が腑に落ちないのは、その陰で汗も流さずに政府を非難する自民党の面々。災難を利用して政権奪回を策すハラのうちが見え見えになった。それに気づいてか、災害から二ヵ月も経ってから総裁が、原発推進を党是として実行してきた事実にふれた。しかし、「認識」とか「残念」とかのコトバは聞かれるが、原発被害者への「謝罪」「責任」の表明はない。原発推進や「安全神話」の一翼を担ってきたくせに、責任には口をぬぐって、またぞろ得々とノーガキを垂れている「御用学者」「専門家」「コメント屋」なども同断。

それだけではない。電力会社がちらつかせる札束に屈服して、原発建設に反対する住民と敵対したり、運動に水を差そうとしただれかれ。さらに言えば、原発の危険性をお座なりにしか理解せず、署名活動か集会に顔を出す程度でお茶を濁してきた時評子のような人間にも、責任の一端はある。その責任をきちんと意識化して、脱原発の生活スタイルにつなげる、それが行動の出発点、と時評子は自戒している。

マスコミが無責任なワケ

不祥事やら暴言やらが頻発する（最近の妄言では石原慎太郎の「大震災は天罰」説が極め付け）。すると、閣僚・企業・官僚・相撲協会・自治体その他の〝責任者〟が、ガンクビを揃えてテレビカメラの前で頭を深々と下げる。そして出来合いの電報文みたいに「再発防止に努めます」。まさかとおもうが、頭を下げた十秒ほどのあいだに舌を出したとしてもわからない。謝罪する人たちは誰に頭を下げたつもりなのだろう。目の前にいるのは報道陣と呼ばれる人たち。頭を下げられているのは報道陣の皆さん。とても変な構図だ。

すると何が起こるか。自分が謝罪を受けているという報道関係者の錯覚。カメラの人などは、アップでそれを確認することになる。マスコミのゴーマンと無謬神話は案外、そのあたりに起因するのかも。

冤罪事件とマスコミ報道。新聞であれテレビであれ週刊誌であれ、犯罪事件の報道は、凶悪性が大きければ大きいほど品性下劣になる傾向がある。容疑者として逮捕された人を三文小説でさえ赤面しそうなワンパターンの〝犯人像〟で書きまくる。百歩ゆずっても、裁判で刑が確定するまでは「犯人」ではないのに。辛い思いをしている家族にまでしつこく取材攻撃をかける（容疑者と家族は別人格のはずなのに世間のさらし者にする。家制度の悪弊か）。

世に冤罪はひきもきらない。無罪が確定したとき、マスコミは謝罪するか。寡聞にして謝罪の発表・記事に接したことがない。警察・検察・裁判所の非を挙げつらうだけ。ましてや報道の責任を取ることをしない。過失の報道記事は埃をかむって、資料庫にねむったままだ。

全国紙とテレビメディア各社は押しなべて原発推進の国策に従ってきた。各社のトップが原子力発電に関わる各種機関の委員などに名を連ね、CM料にありついた。警鐘を鳴らす言論はあっても、原発そのものを問うのではなく、「安全神話」に乗っかったうえでの安全性への言及にすぎなかった。反対の言論は皆無に近かった。その結果、原発反対運動には冷たかった。先日の脱原発パレードで四名が逮捕されたメチャクチャな警察の介入についても、実相を明らかにする報道はない。

福島原発の事故があって、いくぶん目線が変わったようにも見えるが、相変わらず〝報道のバランス〟というあやしげな価値観をタテに、運転停止による経済への影響とか原発必要論といった〝街のこえ〟を掻き集めている。

7月1日

「自粛」「節電」について

大災害のあと、「自粛」の波が広がった。大惨事を目の当たりに被災者をおもんばかって、自粛したのは自然だった。そのうち風評被害など被災地の生活への影響を避けるために「自粛の自粛」が言われはじめる。すると種々イベントが復活する。「被災地を励まそう」「被災者に希望を与えよう」が合言葉になる。なかには「激励」とか「希望」とかの看板がおこがましい、便乗型の行事までが登場する。

そもそも「自粛」は、政府やマスコミに「しなさい」とか「やめましょう」とか言われる筋のことではない。被災者に向き合う一人一人の、やむにやまれぬ心の内から発するもの。時評子の自粛は、そうだ。また「激励する」とか「希望を与える」とか軽々しく言うほどゴーマンでありたくない。

福島第一原発が壊滅し、浜岡原発の稼動中止が決まると、「自然エネルギー」への転換と「節電」が喫緊の課題になった。原発の安全性／必要性を聞くたび眉をひそめてきたものとしては、なにをいまさら、と思う。自然エネルギーの恩恵を頼みにするばかりで、実践がともなわない時評子としてはエラそうに言えないけれど、「節電」はそこそこしてきた。理由は、電気を使いたくないことと生活費節約のため。それ以上に、大衆の欲望を刺激して無謀な消費に走らせる資本主義のウイルスに感染したくないからだ。ライトアップなどといって、やたら着飾る夜の街になじめない。

この世も人も闇と光の交錯。その闇が消えた。劇場も非常灯を消せなくなって（消防法）、舞台と客席で真の闇を演出できなくなった。

星も見えない夜、森のなかの山道を歩く。あのときの不安と懐かしさ。済州島や沖縄で経験したことだが、洞窟《がま》のまったき闇の中で感じた畏怖と懐かしさ。闇のなかで受難を耐えた人びとの恐怖とは別のこととして、闇にはヒト科の何かにつながる敬虔と懐かしさがある。

一億総節電の掛け声が聞こえる。あれこれ知恵をしぼるとして、家庭での節電などタカが知れている。大企業や役所など電力の浪費大手が、価値観と方針の徹底的な転換を図るべきだ。

そのうえでの疑問。そもそも電気って、ほんとうに足りないの？　自分で調べたわけではないが、そうではないらしい。中部電力の「平成23年度電力供給計画」によると、浜岡原発が全面運転停止しても、計画供給量は今夏の予想最大消費量を上回っている。

原発の暗部と人々の力

原発事故を逃れた児童が、避難先の学校で「放射能がうつるから帰れ」といじめられた事件は、差別の罪深さを語っている。子どもの世界の問題ではない。事あるごとに差別に〝情熱〟を燃やす大人の世界の問題だろう。

この文章を書いているいま、「菅降ろし」が急を告げている。退任時期をめぐって、与野党対決だけでなく、鳩山＋小沢（小鳩）グループが最低レベルの茶番劇を演じている。オモテ向きの批判は原発事故や復旧対策の不手際に見えるが、「菅降ろし」のほんとうの理由は別にあるらしい。そのひとつが「原発タブー」に手をつけられることへの惧れ。浜岡原発の停止要請以後、「菅降ろし」がなりふり構わなくなっている。

菅直人以外の誰だったら今回の天災・人災に適切に対応できたか。見当たらない。自民・民主を問わず、原発建設の利権と電力会社からの甘い汁を吸ってきた連中はウヨウヨしている。ひときわ声高な反菅勢力はその連中だが、「原発タブー」がこじ開けられるのを一番、怖れているのも同じ連中。彼／彼女らに何を期待できるというのか。あえて言えば、菅直人はまだしもだ。応急の処置とはいえ、浜岡原発にストップをかけたのは、後世への一歩になるかもしれない。

危ういポピュリズム（大衆追随主義）といわれる「世論調査」では、首相の条件として「リーダーシップ」を上げられることが多い。しかし、「リーダーシップ」のウラに潜むプチ・ファシストには気をつけたいものだ。

被災者の日々には頭が下がる。その苦難の大きさは言うに及ばず、苦難をはねかえそうとする意思、生活奪回への底力。その営みから生まれる智慧、ことば、表情、いのちと人生への敬意――それらひとつひとつによって、時評子は人間の本来に出会えた。新聞やテレビが〝美談〟に擦り返ると、とたんに興ざめするけれど。

ホッとする話題も少なくない。その一つが孫正義氏の言動。百十億円もの私財を寄付して提唱する「東日本自然エネルギーベルト地帯」構想。儲けさせてくれた社会への恩返しとして当然だ、とは言えない。大切なのは、孫氏が原発推進を唱えてきた前非について、潔く反省の弁を表明したことだ。

それにしても、マスコミのＣＭで原発の宣伝に出演していた俳優その他は、いまどう思っているのだろう。

9月1日

消されていく外国籍の人たち

東北関東大震災＋福島第一原発の崩壊から五ヵ月あまりが過ぎた。そのあいだ時評子は新聞の犠牲者欄に目を注いできた。これまで目にした外国籍者らしき姓名の死者は四、五名にすぎない。大災害の発生から一ヵ月半（四月二十四日）の情報によれば、一万四千人を超える死亡者のうち、身元が確認された外国人だけでも二十三人はいたという。死亡者の国籍は韓国朝鮮十名、中国八名と両国が多い。

しかし、当時でさえ「外国人全体の不明者は約五十人」（入国管理局）、「中国人不明者は約四十人」（駐日中国大使館）としている。宮城県警だけでも百人以上の外国人について安否確認の相談が寄せられていた。

ちなみに三月現在、「災害救助法」が適用された市町村に住む外国籍人口は七万五千二百八十一人だった。内訳は中国二万七千七百五十五人、韓国朝鮮一万二百九十九人、フィリピン九百六十七人、ブラジル七千二百七十人、タイ三千八百五十九人など。

死亡者欄に目を注いできた時評子の記憶と情報との間の開きが大きすぎる。五ヵ月余り経た現在では外国人の犠牲者は相当な数にのぼるはずだ。それなのに、そのことに注目するメディアの記事、放映は皆無に等しい。

在日三世コリアンの友人のことばを思い出す。外国で大きな事故が起きて死者や負傷者が出る。すると日本の関係機関、メディアは「邦人の乗客はいない模様」「日本人犠牲者は……」と発表／報道する。そんなとき友人は思う「外国籍のわたしが事故に遭遇したら、誰がどのようにして家族に伝えてくれるのだろう？」。

「ニッポンがんばれ」の大合唱のなかで自己陶酔気味の日本人の、どれほどの人が外国人犠牲者に想いを馳せているだろうか？　日本人の目から見えなくされていく外国籍の人たち。日本社会から消されていく他者。

それは今に始まったことではない。「百年」の歴史のなかで日本の国家、社会、国民がきずいてきてしまった、他者不在、外国人抹消の思考とふるまいのあらわれにちがいない。

一方で、日本国家は鵜の目鷹の目で外国人を可視化＝差別化しようとする。在日コリアンから前原元外相が二十五万円、菅首相（八月十五日現在）が百五万円の献金を受けたとして、いまだにゴシップネタにしている。外国人からの献金禁止は日本の政治に影響を及ぼすのを防ぐためだそうな。二十五万円くらいで日本の政治を変えられるのなら、時評子もなけなしの貯金をはたいて誰かに政治献金をしたい。

前原も菅も、外国籍とは知らなかった、と言ってるらしい。たぶんそうだろう。しかし、そこに問題がある。二人の政治家には〈在日〉が見えていなかったのだ。彼らの内面では在日を生きる隣人が抹殺されていた、あるいは追放されていた、ということだろう。

さらに深刻なのは、〈在日〉が日本（人）社会に包囲されて、みずからのルーツを明らかにしづらくなっていることだ。そのことに日本人／社会が無頓着な現実こそが深刻なのだ。

「思いやり相撲」と「思いやり予算」

ガラリと変わって、大相撲のはなし。時評子も中学生の頃、相撲にこった時期がある。放課後、運動場の隅に土俵を描いて十人ほどで興じた。番付まで作って毎日の勝敗を記録した。

小学生の時のごひいき力士は照国。秋田県出身の肌白アンコ型の寄り一本槍の横綱だった。新聞に載る照国の取り組み写真を切り抜いては新聞紙に貼った。大相撲への興味はそれきりになった。相撲は「日本の国技」などとマヤカシを唱えだしたから、うさんくさくなった。それでも稀代のトリックスター朝青竜にはほれ込んだ。

大相撲がスキャンダル続きのすえに旧に復した。うたい文句の「改革」が進んでいるかどうかは、怪しい。そこで時評子は「改革」案を提案する。

その一。封建的な徒弟制度の慣習、規律などを改める。序の口から横綱に至るランク付けは認めるとして、そこに牢固としてある差別的な階級制度はなくす。「親方」呼称も変える。

その二。プロ野球の選手会のように、力士会＝労働組合を発足させる。労働三法に基づき日本相撲協会と対等に交渉する権利を認める（かつて名捕手古田が選手会長時代、スト権を確立した。それに対してナベツネが「たかが選手の分際で……」と暴言を吐いた）。

その三。日々のきびしい稽古、年六回の本場所、地方巡業といった過酷な労働条件を見直す。幕下以下もふくめて、登録力士すべてになんらかの給与、退職手当を保証する。

その四。「無気力すもう」はしばしばカド番に立つ相手力士への「思いやり」の美徳に発するものであって、米軍基地へのボウダイな捨てガネ予算の「思いやり」とは違う。よって、「思いやり相撲」には寛大に対応する。

時評子の「改革」案は世間常識にすぎないが、夢想に終わるのだろうか。

10月1日

「口舌の徒」と「口だけ番長」


若い連中としゃべる機会がわりに多い。学生たちと話し合うことは少ないが、ごひいきのホルモン焼き店とジムでよくしゃべる。

そこで「口だけ番長」ということばをしばしば聞く。なかなか言いえて妙（時評子は「口さき番長」と言い換えている）。時評子なりに翻訳すれば、「口舌の徒」ということになる。若者のあいだにだけ流行ることばかと思ったら、いつだったか、自民党の政治家が菅直人首相（当時）を指して使っていた。「不言実行」の反対の意のつもりらしい。

ところで、菅直人がなぜあれほど嫌われたのか、いまも時評子には解からない。世論調査（世論操作と読み替え可）の支持率10％台、マスコミと党内外からのサンドバッグ的バッシング。打たれっぱなしで一年三ヵ月も持ちこたえたのだから、なかなかの忍耐力と感心することも可能。

「功罪なかば」かどうかは別として、「功」がなくはない。まず「罪」を言えば、朝鮮学校への授業料無償化手続きをストップ、「新防衛大綱」にあらたな好戦的・憲法九条違反の要素を導入、普天間飛行基地の移設をはじめ沖縄の米軍基地撤去問題にまったく無能、朝鮮半島が緊張するなかで韓国への自衛隊派遣を提唱して冷笑されるなど恥知らずな発言――など、枚挙にいとまがない。

では、辞任の直前、朝鮮学校無償化手続きの再開を指示したのは、功罪どちらなのか？　せめてもの罪滅ぼし、と見ることもできるだろうか。残念ながら、それは言えない。朝鮮民主主義人民共和国のその後と朝米交渉・六者協議の動向など「朝鮮半島情勢の安定」を挙げて、停止と再開の理由を辻褄合わせしたのは、やはり罪だ。なぜ、教育に政治的思惑を持ち込んだことの非を認めて、侵してはならない教育の「当然の法理」を犯してしまった過ちを謝罪しないのか。イタチの最後っ屁でもなんでもいい、日本社会の宿痾《しゅくあ》になってしまった大衆の排外感情におもねりすぎたことを反省する、と明言できないのか。

「功」は、浜岡原発原子炉の稼動停止指示がある。この一点だけは菅直人の置き土産として、すべての核発電を廃炉にするための一里塚にしたい。

「死の町」発言を考える

野田政権になって、原発生き延び策を懸念したが、「脱原発依存」派の鉢呂氏が経済産業相になって、「生き延び工作」派とのあいだで互角に争えると期待した。ところが、鉢呂（この名前はとてもいい）

さんは「死の町」発言であっさり辞任してしまった。

時評子には真相を知る由もないが、鉢呂氏はハメられた、という情報もある。「うつしてやる」発言とそのときの所作が、どれほど幼稚であほらしいものだったかは、現場にいたわけでもないのでわからない。日頃の報道ゴーマニズムから推察すると、その言動にいたるヤリトリに何かあったようにもおもえるが、軽々には言えない。

「死の町」発言はどうだろう。この表現は、ある惨状を表わす比喩としてよく使われる。地上の生きものが根絶やしにされ、ものみなが破壊されつくした情景。アメリカによる原爆投下直後の一木一草を奪われた広島、長崎の光景が、そのように表現された。

新聞記事、週刊誌、テレビなどもしばしば使う。見方によっては陳腐な常套語だ。小説や詩では、その比喩表現ひとことに、リアリティはない。

鉢呂氏は、被災地の惨状を目の当たりにしてその比喩しか思い浮かばなかったのだろう。「死の町」からの復旧・復興の決意を込めて言ったかどうかは解からないけれど。

大惨事のあと遠野在住の友人と電話で話したとき、怒りと嘆きの声で彼が言ったのも、同じ比喩だった。被災者のなかにはそう感じた人もいただろう。しかし、「死の町」発言に憤りを覚えた被災者が多いこともたしかだ。それをマスメディアに誘導されたとは言えない。

「口さき番長」にもどる。その四点セットは、政治家、マスメディア、学者評論家、いわゆる国民＝大衆。

批判精神といえば聞こえがいいが、その大方は具体的な政策不在／責任不在の口撃に堕している。ここでは国民／大衆と呼ばれるわれわれのなかの「口さき番長」について一言。

自戒をこめて言う。政治（権力）を批判するわたしたちに、うさばらし的な心理がひそんでいないだろうか。ことばの排泄作用によって閉塞感や不遇感をごまかそうとする心理が紛れ込んではいないだろうか。具体的な対抗性と責任をともなわない「批判」は、排外的に他者を攻撃して自己愛《ナルシシズム》にふけっている連中と同類になってしまう。

だから「実践」を大事にしているつもりだが、こうして語り書いている時評子も、やっぱり「口舌の徒」か？

11月1日

「日本社会の病理」って？

近頃、時評子の周辺では「ニッポンが危ない」という声をしばしば聞く。いずれも、だから何とかしなくては、という意思を持った人たちの声だ。

作家の小松左京が亡くなって「日本沈没」のイメージがふたたび思いおこされた。作家の死と東北関東大震災＋核発電事故という惨事が重なったという事情も介在する。たしかに、自然災と人災がもたらした状況は、「日本沈没」のイメージをなまなましくする。（余談になるが、時評子は震災＋核発電事故を題材に「消えた」と題する小説を書いた)。

とはいえ、時評子がいだきつづけている「ニッポンが危ない」理由は、物理的・経済的・政治的など目に見える現象にかぎらない。日本人/社会の精神風土とでもいえる情況に、よりつよく危機を感じてきた。

たとえば日本人/社会は、なぜこれほどまでに朝鮮民主主義人民共和国を嫌うのだろう。嫌悪というよりムキダシの憎悪に自縛されている。「北朝鮮」バッシングこそが日本人であることの証明であるかのように。

その理由を「日本人拉致事件」に短絡させることはできない。朝鮮への偏見・差別観念は「征韓論」以来、百五十年余にわたって日本人の〝心性〟になってしまっているのだから。

植民地支配のなかで日本は「拉致事件」に数千倍する人を朝鮮半島から拉致してきた。だから、「日本人拉致事件」を相殺しろ、とはもちろん言えない。一九七〇年代後半、南北関係は極度に緊張して第二の朝鮮戦争の危機といわれた。そんな時期、諜報作戦のためとはいえ、日本人少女や成人男女を拉致したことは免罪されるものではない。

問題は、「拉致事件」を弾劾することによって、日本/人が犯した歴史の罪を忘却する、その感情と思惟のトリック。朝鮮半島でしばしば起こる南北衝突の危機。言うまでもなくその原因は分断にあり、モトを質せば、米ソ冷戦をこえて植民地侵略の歴史に行きつく。その事実は一切、棚上げする。その国民的共謀のトリックが自覚されないままに、あるいは故意に意識の闇に葬られて、日本人/社会の心性になっている。そのことが「危ない」のだ。

日本人の「北朝鮮」ぎらいには、かの国が社会主義かどうかの判断は別として、「反共」という冷戦心理も影響しているかもしれない。国家の体制がどうあれ、そこにはわたしたちが手を結ばなければならない生活者が生きているのだ。そのことへの想像力を失なっている政治手法と世論が、こわい。

かつて時評子が愛読したフランスの作家サン・テグジュペリは、人間が人間であることの三つの条件を挙げていた。その第一が「責任を負う」だった。日本人／社会は〈責任〉を回避して自分を正当化することに躍起になっているようにおもわれる。その結果、自己を対象化することを忘れて、他者とのまっとうな関係を創りそこなっている。いま日本社会にまんえんしている他者攻撃・言いっ放しの風潮が、危ない。

「なでしこジャパン」余話

「なでしこジャパン」が女子サッカー・ワールドカップで優勝して、国民栄誉賞を受賞した。優勝は快挙には違いない。彼女たちのプレーには、離れ業的なあざやかさもあった。

「なでしこ」ということばを聞くと、時評子などは「ヤマト男児《だんじ》」を銃後で守る「大和なでしこ」といった時代錯誤を感じてしまうが、それは措いておこう。「なでしこジャパン」は「なでしこ」の集団なのか？

女子サッカーのホマレ沢穂希をはじめ日本代表の七名が所属する女子サッカークラブは「ＩＮＡＣ神戸レオネッサ」。オーナー会長は文弘宣《ムンホンソン》氏である。氏は民族学校に通い、朝鮮大学校を卒業。マスコミはじめ俗世間の言い方を借りれば「総連系在日」ということになる。いまは韓国籍で不動産、ＩＴ、外食など広く手がけるアスコホールディングスの会長。

「ＩＮＡＣ神戸レオネッサ」は「なでしこリーグ」でダントツに強い。今年一月の日本女子サッカー選手権で優勝。なでしこリーグの前半期八連勝も遂げている。強いはずだ。選手がサッカーに打ち込めるように全員をグループ企業で雇用。仕事を免除して、給与を払っている。女子サッカーリーグのチームでこういうシステムはほかにないらしい。女子のプロ選手はアルバイトなどしてサッカーに情熱を注いでいるのだ。あのホマレ選手も職場を失ない、一時はプロサッカーの道を断念しかけて、このチームに入ったと聞く。

現在の「国籍」はともあれ朝鮮半島をルーツとする歌手が出演しなかったら紅白歌合戦は開けない、とはよく耳にする話。スポーツ界もそうだ。「なでしこジャパン」では少なくとも三名の在日コリアンが活躍していると聞く。

ワールドカップ優勝の快挙を日本ナショナリズムの高揚に利用することは、ゆるされない。

12月1日

中国が脅威って、ほんと?

テレビをほとんど見ない生活をしている。なのにたまたま見た映像に、たまげてしまった。

ひとつは、行きつけの居酒屋のテレビで見た（たぶんフジテレビ系列だった）。幼女か少女が車に轢かれて横たわっているのに、おとなの男性がそれを無視して通り過ぎる。数分のあいだに同じシーンが五回、六回と繰り返し流される。それを見ていた客が「ひどい。日本だったらありえないことだ」とヤユまじりに言う。してやったり、という気分をまじえて。「中国人」というより「中国」への蔑みがこもる。

なるほど、こんな手法で中国に対する優越感を人びとに注入しているのだな、と時評子は苦笑まじりにカンシンする。同じ映像をこれでもかと見せつけられた視聴者は、インプットされたイメージを頭の中で肥大化させて、中国への蔑視感に酔う。民衆のマインドコントロールに使う常套手段だ。

もうひとつ、夕食のときにＮＨＫニュース『ニュースウォッチ21』で見た。北海道に駐屯する自衛隊（ジャパン軍）が南西諸島方面に派遣される映像。最近とみに活発になった中国の〝軍事動向〟に対処するためだという。米軍との作戦一体化がネライなのはまちがいない。しかし、キャスターは日頃は批判マニアなのに、その行動を国民合意であるかのように語る。相手が中国だから自衛隊がどんな行動をしようが文句は出るまい、と日本国民はなめられているのだ。ことほどさように、マスコミ主導の中国嫌いはまんえんしはじめている。

中国の「脅威」が「経済的脅威」と「軍事的脅威」のセットで喧伝されはじめてから久しい。それがアメリカの思惑に追従するかたちで進行したのはまちがいない。「脅威」の〝物的証拠〟にされたのが、例の中国漁船衝突事件。領海侵犯とか故意行為かどうかは別として、映像を何度見せられても「衝突」というより一艘の漁船による巨船への「接触」事件。「脅威」の〝証拠〟には無理がある。なのに事件は、中国の「脅威」に見事に変身する。

そこで思い出すのは、ハワイ沖だったかで米軍の潜水艦に衝突されて、水産学校の生徒がたくさん犠牲になった事件。あのとき、アメリカの「脅威」が沸騰することはなかった。ふたつの事件を対比して「中国の脅威」を精神分析すれば、公正な心理をうしなった「大衆」の誇大妄想症と言い得る。

時評子の見解をいえば、中国は「脅威」ではない。安価な人件費と巨大市場を求めて中国に進出した日本資本にとって、いまや彼の国は切っても切れない仲。なのに「経済的脅威」を言うのは虫がよすぎる。「軍事的脅威」はどうか。アメリカの世界制覇に服従して親愛なるアジアの国との友好外交をサボりさえしなければ、中国の軍事動向が日本の「脅威」になることはない。ひょっとすると、彼の国をジュウリンした歴史が逆トラウマとなって、妄想を呼ぶのだろうか。かつて自分の側が犯した罪業が被害観念に反転するという倒錯は、しばしば見られることだ。

国家は「敵」がいなければそれを捏造して国民を束ね、内部の矛盾を外部へ向けさせて統治する。その常套手段にはめられることなく、外部／他者とかしこい協働関係を築く――それが、われら「人民」の役割だろう。

ウラの権力にして最強の権力

政治・司法・資本の権力が、オモテの三大権力。では、ウラの権力は？

時評子は、C／T新聞を購読している。百年ほどの伝統を持つ文化欄の匿名コラムや「特報」なる骨太のニュース記事が、批評精神と新聞の使命を発揮して、善戦している。

なのに、こと中国報道になると、足並みをそろえて愚鈍になる。ほとんど例外なくゴシップ、スキャンダルまがいに堕す。記者個人が書く数行の匿名コラムさえ、ヤユまじりの中国観が目につく。組織上げての報道方針なのか、記者の思想キャラなのか、双方の融合なのか？　たしかなのは、反中国感情の育成に一役買っていることだ。

マスメディアが政治課題に対して、社会問題に対して、具体的な白黒判断を下すことはない。沖縄の米軍基地問題に対しても、国外・県外移転を（沖縄のメディアを除いて）はっきり掲げることはない。そのくせ時の政権がぶれて腰がくだければ、そのことばかりを批判する。沖縄の人たちの想いに寄り添うフリをして。アメリカの理不尽なゴリ押しには「見ざる、聞かざる、言わざる」の三猿を極めこんで。

ＴＰＰ問題もそうだ。アメリカの顔色をうかがって腰の座らない現政権を批判することはあっても、賛成か反対かの立場は鮮明にしない。マスメディアの〝客観主義〟はヌエに喩えられることもあるが、「権力の監視」とは似て非なるものだ。しばしば、権力の僕《しもべ》に堕するのだから。

マスメディアに教育されて、それを自説と錯覚することだけはやめたい。

2012年

「日を籠で運び出す」
(時間をただ無駄にする)

2012年1月1日

春風献上

読者の皆さん、新しい年の福をたくさんお受けくださいセヘ ポンマーニ パドゥセヨの直訳)。この新年のあいさつことば、気に入っている。表現もいいが、コリア言語圏では歳の改まる前、後ろどちらでも使えて、それがありがたい。

二〇〇八年に連れ合いが亡くなって、世間の慣わし通り翌年の年賀状を欠礼した。以来、欠礼をつづけているが、それまでは正月の初仕事といえば賀状書きだった。年の暮れに賀状を書き投函するのが世間ではフツーのようだけれど、歳の改まるまえに「明けましておめでとうございます」と書くのは、どうもコソばゆい。故に五十年近くそうしてきた。正月をゆっくり過ごせないけれど、それはそれで味もある。賀状への応答というかたちで無沙汰の人とも〝会話〟できるから。

二〇一二年の最初の時評。ここは一一年を振り返り、一二年の夢のひとつも語らなくてはならない(時評子は「忘年会」は「望年会」と呼ぶ)。

波と地層の精霊たちが嗚咽した

一一年は「3・11」の大惨事と核発電事故の超絶的な人災に尽きる。

何をできたかと自問すれば、人並みのことしかできず、恥ずかしい。ささやかな義援金カンパと脱原発を求める運動への賛同署名、そして集会・デモに参加するくらいしかできていない。

　新年初の時評に免じて、「3・11」に関わるわたくしごとを書かせてもらえば、七十枚弱の短編小説を一篇、書いた。大惨事の映像を見るにつけ、ことばを失なった。失語症に近い状態は一か月近くつづいたろうか。ある日、沈黙のなかに嗚咽を聞いた。それは大津波と地震の嗚咽だった。波の精と地層の精が地上のものすべてに災厄をもたらすおのれに苦しみ、おののき、嗚咽している。なぜか、そう感じた。精霊たちの、核発電とその罪への嘆きでもあるだろうか。突き動かされるように小説「消えた」を書き上げた。それは在日朝鮮人作家を読む会の文芸誌『架橋』二〇一二春・31号に載せた。

　わたくしごとついでにメモる。二月に「人民の力」東海が三十三年もつづけている反天皇制の集いで話す（講演録は「天皇制と3・1」と題して本誌二〇一一年八月合併号に掲載された）。NPO法人三千里鐵道は二〇〇〇年以来、「朝鮮半島の統一と東アジアの平和」をかかげて〈在日〉を中心に活動している。6・15南北共同宣言に合わせて毎年、集会を開き、昨年は在日一世の孤高の画家・呉炳学展を開いた。「人民の力」東海と協働している「韓国併合」百年行動もつづいている。


夢を語れるか？


「初春の夢」ということばがあるらしい。残念ながら、その種の夢を見たことがない。じっさいに夢を見なくても、気宇壮大な「夢」を空想すれば愉しいだろうが、それもとっくに犬に食われてしまったらしい。理由は、リアリストとか架空好きとか、とは関係ない。

　天下国家を論じて「革命の夢」でも見られれば生きる張り合いもでるだろう。しかし、何の力もない徒手空拳のわが身をふりかえれば、それも叶わない。だから、「志」を同じくする人たちと分相応に可能なたたかいを地道に執念深くつづけるしかない。たとえ小さな活動、集団であっても、持続すれば〝敵〟に一矢報いられると信じて。「人民の力」の人たちはその「同士」だ。

というわけで、二〇一二年も目前の具体的な課題に関わっていく。

ひとつは、朝鮮高校にも無償化、就学支援を適用させること。この文章を書いている十二月十日現在、文科省はマジメに検討を行なっているのかどうか、結論を出していない。月にいくら出すか出さないかの問題ではない。この国で学び暮らす外国人に対する姿勢が成熟しているかどうか、「国家／社会のかたち」につながる問題だろう。

ふたつめは、言うまでもなく「脱原発」の運動。「推進派」の居直り、巻き返しが盛んなようだが、彼らの目的はこの国の「核武装」だろう。一九五四年に「核開発」をもくろんで中曽根康弘らが原発推進を提起して以来の目的だった。結果、一週間で核爆弾を製造できる国が出現してしまった。「日本の核武装を考える」連中が「脱原発」に反対しているのも、理由は同じ。

それにしても、「ミニ・ファシスト三羽烏」のはしゃぎぶりがひどい。石原・橋下・河村――都知事・大阪市長・名古屋市長のこと。「地方の時代」「自治の時代」のうたい文句がミニ・ファシストの出現とは、まさに「想定外」。十二月七日のボクシング世界タイトルマッチのリングで、「維新の会」の大阪市長と大阪府知事が並んで「君が代」を歌った。これがメチャクチャひどいものだった。（プロ歌手が唄っても聞きたくないが）二人の歌は「君が代」を冒瀆するほどの調子っぱずれだった。二人を糾弾する天皇主義者よ、出でよ！

2月1日

金正日氏の死去と日本的心性

朝鮮民主主義人民共和国の金正日総書記（国防委員長）が死去した。発表・報道は十二月十九日だが、亡くなったのは十七日（その前日という説もある）。

死亡を伝える記事の見出しが新聞の一面にデカデカと躍るのを見て、時評子は30％くらい眉に唾した。ずいぶん以前のことになるが、「金日成死亡」の大見出しが新聞の一面に躍って、じつは誤報だと判明したことがあったからだ。そのとき〈在日〉のある友人さえ報道にだまされて信じていた。マスメディアは誤報を詫びることはなかった。詫びないのが特質らしい。

ことほどさように、日本のマスコミ報道には眉唾物が多い。「北朝鮮」に関わると、その極致。金正日氏死去は事実だったけれど、その後の関連報道は「憶測」「伝聞」「状況証拠」そして駐在記者が送ってくる韓国メディアからの「借りもの」のオンパレード。

なぜ、そうなるのか？　日本と共和国のあいだに国交がないからだ。飛躍した見方みたいだが、そうでもない。ピョンヤンに日本大使館がありメディアの支局があって、（制限付きでも）現地取材をすれば、もう少しマシな報道ができるはずだ。ＮＨＫの『ニュース９』でキャスターが「日本が対峙する北朝鮮」という言い回しをしていたから、局是が「対峙」であるらしいとしても。

金正日総書記が死去して、金正恩政権と国家の体制をめぐる議論がかしましい。関係浅からぬ隣国の動向に敏感になるのは至極、当然である。問題はその評定の口ぶりと内容。

総書記を皮肉まじりに「将軍様」と呼ぶ新聞コラムやテレビ出演者・キャスターのことばを何度か見聞した（いまに始まったことではないが）。将軍様は、朝鮮韓国読みにすると、チャングンニム。学校の先生や年長者を先生様《ソンセンニム》、両親を父母様《プモニム》と呼ぶのと同意で、韓国朝鮮ではフツーのこと。「将軍」にさらに「様」を付ける呼称を偶像崇拝のネタにしてヤユするのは、ことば感覚の違いに対する無知がなせるワザかも。そのうえヤユには快感がともなっているらしいので始末が悪い。

「北朝鮮の事情に詳しい〇〇大学教授の△△さん」がテレビに登場してコメントし、新聞に書く。ほとんどが客観性を偽装した解説の類だ。それならまだいいほうで、なかにはメディアの〝意向〟に応えてか、共和国で混乱が起こるのを（懸念するふりをして）期待するかのような憶測発言もある。今回の政権交代を機にして、たとえ念願であっても、望ましい変革を期待する言説はほとんど聞かれない。南北の和解と統一への機運、朝鮮半島と東アジアにおける平和の構築——それらを見据える視座が、マスメディアの発信する言説には決定的に欠けている。

弔意を表わしてはいけないの？

本誌前号（『人民の力』二〇一二年一月一日・十五日合併号）の冒頭頁に人民の力全国委員会による〈お悔やみ〉の文章が載っている。短かい弔文ではあるが、その見識に時評子はホッとした。

マスコミはおろか政治筋にも弔意に類する言葉がきれいに消えていた。聞くところによると、弔問あるいは弔意を示した（与党の）国会議員に対して、閣僚からイチャモンがついたという。選挙の票と内閣支持率への影響をおそれて、北朝鮮バッシングにストレス解消法と喜びを見出しているらしい国民の感情に擦り寄るポピュリズム（大衆追従主義）が、見え見えなのだ。

時評子は寡聞にして、マスコミ報道では潘基文国連事務総長の追悼表明、小泉純一郎氏の弔問くらいしか見ていない。小泉元首相の名が出たついでに一言触れれば、政治と経済にわたる新自由主義者彼が残した悪行はヤマほどあるが、金正日氏との首脳会談を実現させた行ないは、歴史的な意味を持った。歴代首相の追随をゆるさない。

総書記の死に際して「共和国」の人びとが悲しみ慟哭する映像がながされた。それに対して「演出」説が得々と語られた。肉親や敬愛する人の死に際して慟哭して悲しみを表わすのは、「北」「南」を問わず感情表出の民族性なのだ（日本でもかつて同種の光景は見られた。死者を送る祭祀が制度化して人の感情が自然を失なうまでは）。

金正日総書記の死に対して彼の国の人びとが示した心性は、天皇の死に際して日本の人びとが示す心性と似ているのかもしれない。たとえば昭和天皇死の前後。人びとが天皇に詫びて皇居前で自決したのは六十六年前だが、新年参賀などに集った人びとが熱狂的にバンザイを叫ぶ姿は、天皇制に帰依（徳化）する日本人の心性が戦後も継承されていることを示しているのだろう。

一国のトップの死を追悼するのは、好き嫌いとは別次元のことだ。時評子は、金正日氏の死去に際して、共に〝神格化〟されてしまったものの誼《よしみ》として、明仁天皇が追悼の意を表わすことを夢想する。

3月1日

重いことばが軽くなるとき

「絆」が昨二〇一一年の「今年のことば」だそうな。たしかに「絆」があちらこちらでやたら飛び交った。時評子のへそは曲がっていないが、そのことばを聞くたび、うさんくささを感じてしまう。言葉に罪があるのではない。「絆」とはすばらしいことばだ。

ところが、日頃は自己愛とエゴイズムを生活信条にしているらしい人が、「絆」を言う。子どもがイジメの加害者として学校から注意されると、「うちの子にかぎってそんなことするはずがない、他の子にそそのかされたんだ。悪いのはよその子」と強弁する人が、平気で「絆」を連呼する。町内会の役員選挙で外国籍の隣人が選ばれたら、まっさきに選挙のやり直しを主張する人が、会議で「絆」を強調する。自己陶酔の表情さえ浮かべて。

どうやら「絆」からは非日本人は排除されるものらしい。いや、排除するために「絆」があるらしい。個々の人びとが生活信条としてきたバラバラの自己中心主義がスマートな装いに変身したのが、「絆」ということか。「東北がんばれ」をチャッカリと横領した「日本がんばれ」が、いま連呼される「絆」の正体ということか。だとすれば、バラバラのエゴイズムが集団的なナショナル・エゴイズム＝ナショナリズムに肥大したにすぎない。

しかも、東北関東大震災＋核発電事故という惨事を「奇貨」として、すばらしいはずのことばが変質させられているのだ。「絆」の連呼をうさんくさく感じるのは、そのせいらしい。

災いを「奇貨」として大衆を束ねるのが政治権力の常套手段であるのは、洋の東西を問わず歴史の事実。戦争、侵略、経済恐慌、国家の危機そのほかもろもろ例に事欠かない。そういう大きな出来事でなくとも、日常の身のまわりにもゴロゴロしている。時評子にとっての直近の課題をいえば、朝鮮高校の授業料無償化と就学支援金支給の場合。朝鮮半島で韓国の哨戒艦沈没、砲撃事件が起きれば、政権は米日韓の合同演習（挑発行為）を省みることなく、事件を「奇貨」として無償化の対象から朝鮮高校を除外する。対象化のための検討を再開したかと思えば、今度は北の首脳の死と政権交代を「奇貨」として検討作業を先延ばしにする。

ことばのことに戻ろう。「絆」とともに日本列島を風靡したのが、「希望」「勇気」。どれもすばらしいことばだ。なのに、その言われ方の、なんという軽さ。

「希望」への困難とことばの大いさへの想いは伝わらず、語る人が酔いしれる。「勇気」にいたっては、ゴルフの棒を振っては「被災地の皆さんに勇気を与えたい」、歌をうたっては「東北の皆さんに勇気を届けたい」とゴーマニズムに酔いしれる。まさに流行りことば、常套句に堕した感がある。クリシェ＝紋切り型がことばをあやめる。

「絆」「希望」「勇気」。すばらしいことばを救おう。

「紳助事件」の読み方

すこし旧聞になるが、島田紳助が暴力団がらみのスキャンダルで芸能界を引退した。内容はよく知らないが、テレビ番組での発言が右翼関係者を刺激したのが、発端らしい。右翼の脅迫に参った紳助が、知人のボクシング元世界チャンピオンWを通して暴力団関係者に助けを求めた（ちなみにWは五、六回タイトルを防衛した、時評子好みのほんものチャンピオンだった）。

紳助は、いずれホトボリの冷める頃合を見はからって復帰するだろうけれど、みずから責任を取るかたちでブラウン管から消えた。

時評子は紳助司会のバラエティ番組を見たことはないけれど、ずいぶん以前に「ちょっといい話」を聞いた。K事件で園児殺害の冤罪を着せられたYさんを紳助が番組に出演させて、無実を訴えさせたというのだ。それを聞いたのは、Yさんの講演の時。Yさんは講演のなかで紳助への感謝を述べていた。時評子は一度、紳助の番組を見たいと思いながら、月日が経ってそれが叶わなくなった。紳助が暴力団にSOSを発してしまったことを認めるわけではない。あきらかに筋を違えた。

しかし、紳助が右翼団体関係者から脅迫されたとき、テレビ局はなぜ彼を守ろうとしなかったのか？当該のテレビ局だけのはなしではない。マスコミ界と放送関係者がこぞって彼を守ろうとしても、バチは当たらない。それどころか、それが紳助の人気にオンブして視聴率を稼いだ業界の〝仁義〟だろう。そして「言論の自由」を標榜するマスコミの大義だろう。

警察と暴力団と右翼は「三つどもえ」「三すくみ」と言われる。右翼は暴力団に弱い、暴力団は警察に弱い、警察は右翼に弱い。さて、マスメディアはどうか？　暴力団撲滅キャンペーンではそこそこ善戦、警察の不祥事追及では（情報頂戴と秤にかけて）可もなし不可もなし、右翼の抗議に対してはへっぴり腰、といったところか。

4月1日

「河村事件」は一種の滑稽ばなし?

南京大虐殺をめぐる河村たかし名古屋市長の発言は、いまや〝全国区〟のようだ。以下、ミニ・ドキュメント。

二月二十日、名古屋市と友好姉妹都市を結ぶ南京市の使節団が市庁を訪問した。その友好使節団にむかって、市長が「いわゆる南京事件はなかったのではないか」と発言。当然のことながら、中国国内から猛烈なリアクションが起こった。名古屋への渡航禁止通達を始め、産業・観光事業にも支障が生じた。アイドルグループ「SKE48」の公演その他いろんな行事が中止。中国人民からは使節団に対して「なぜ反論しなかった」と批判が出た。

さすが軽薄無比の河村市長も、事の重大さに気づいたのだろう。議会答弁や記者会見で弁明にこれ努めた。

「河村発言」は歴史事実にかかわる大問題。それを「滑稽ばなし」と呼ぶのは、中国人民のみならず、歴史責任に向き合う日本人にも、不快だろう。しかし、河村市長の弁明はどの耳で聞いても、ずるさを兼ねそなえたコッケイとしか表現できない。

二月二十七日の記者会見の全容をインターネット情報で読んだ。

まず「いわゆる南京事件はなかったのではないか」発言について。その論拠に挙げるのが、南京で終戦を迎えた市長の父が、中国の人から「温かいもてなし」を受けた、と息子に語ったということ。「いわゆる南京事件」があったなら、中国の人々がそのように寛大になれるはずはない、故に「なかったのではないか」という論法。歴史認識のイロハも解しないリクツなのだ。八路軍の「十戒」、蒋介石の指令、日本人民には罪責はないとして中国政府が戦後賠償を求めなかったこと――などは、市長のアタマになかったようだ。

「いわゆる」と「虐殺」の定義について。市長発言は最初の全面否定から徐々にずるく変わる。「南京事件」と「虐殺」の〝定義〟に逃げようとする。「南京事件」に「いわゆる」と付したのは、中国が言う「三十万人説」はなかったのではないかという意味だった、と言い始める。日中共同研究による「二万人~二十万人説」(日本政府の見解でもある)を問われて、数の問題にすり替えた。さらに一般的な戦闘行為によって多くの人が亡くなったが、「虐殺」はなかった、とも強弁。虐殺のとき周辺の人々が難をのがれて移動して、南京城内の人口が増えたことを理由に「南京事件はなかった」の俗論にしがみついた。殺害の残忍さによっては、たとえ犠牲者が数人でも虐殺なのだ。

それでも、日中共同研究(日本政府の見解)を否定できなくなるかに見えた。そこに飛び込んできたのが、石原都知事の「河村君の言ってることは正しい」発言。「河村君」は大いに励まされて、元気づく。「河村君」は為にする「南京虐殺はなかった」論者の同盟者であることを高らかに宣言したのだ。

経済界(腹のうちでは市長発言を支持しているだろうが、経済的ダメージを怖れている)の意向や「市民への迷惑」に〝配慮〟して、河村市長は揺れている。しかし〝思想的信念〟の最後のトリデなのだろう、三月十四日の段階では発言撤回と謝罪をかたくなに拒みつづけている。

河村市長のキャラは、「プチ・ファシスト」「お調子者」「英語マニアの排外的扇動者」「大衆的劇場派」など、さまざまに評言される。どれも外れていない一方で純情キャラの人物との評もある。ならば、口さきテクニックを弄して醜態をさらすより、率直なのが似合う。それをしないから「河村発言事件」は、やっぱり滑稽ばなしになる。

「市民運動」の、ある側面

日中友好協会や南京大虐殺証言集会などをつづけている人たちが、いちはやく市長に抗議した。時評子も何かしなくてはと思った。できれば、既成の運動みたいな講演、発言、抗議文といった紋切り型の集会ではないスタイル。内向きの金太郎飴にならないような。「普通の市民」に呼びかけて、河村市長にも参加要請して（好き者の彼は喜んで顔を出すだろう）、カンカンガクガクの市民討論だ。

そんな折、知人のFさんからほぼ同じ趣旨の呼びかけがきた。渡りに船。即座に応答した。打ち合わせ会には出席しようと意気込んだのに急遽、出席できなくなってしまった。そこで決まったのは既成の集会スタイル。理由は、河村市長のキャラからして彼の独断舞台になる惧れがあり、また〝招かざる客〟たちの闖入によって集会を妨げられるかも。それらを避けるためらしい。判断の是非はともかく、絶好のチャンスを逃がした。ときに泥をかぶるのをいとわず打って出るのは、〝自己満足〟に陥りかねない市民運動の殻を破ることにもなると思うのだが。

それはそれとして、時評子が呼びかけ人・賛同人を承諾して、集会に参加するのは言うまでもない。

5月1日

「死刑」をめぐる難問

今回はあえて、とても難しいな（と時評子が考える）問題について書く。死刑制度のことだ。

民主党政権になっても自民党政権と変わらない、ということが続々と浮上してきている。法相による「死刑執行命令」もその一つ。

民主党政権が誕生したとき、日本に初めて無血〝革命〟が起こった、と歓喜の声さえ聞かれた。あまりに長かった自民党政権への反動が、過剰な期待に変換された事情はわかる。時評子も、諸手を挙げる気にはならなかったけれど、相対的に変わるだろう、とは思った。旧自民党勢力に牛耳られているとはいえ、民主党の中には反戦・反差別・人権政治を旨とする人々が生き残っているからだ。事実、アメリカのアフガニスタン／イラク侵略の際に反対行動を共にする知人の国会議員はいた。「脱原発依存」の提唱も、浜岡原発の稼動停止も、菅政権ならではのことで、自民党政権では叶わなかっただろう。

ところが、民主党政権になっても、かつて死刑制度廃止を唱えていた法相が「死刑執行命令書」にサインし、現場に立ち会った。さらに小川敏夫法相は就任会見で、死刑執行が「法相の職責」であり「その職責を果たすのが責任（義務）」と、変な意欲を見せた。

結論から言えば、時評子は死刑制度および執行に断然、反対である。

一九六〇年代にアルベール・カミュの『ギロチン』を読んで以来の信念であり、十年ほどまえに「なぜ人を殺してはいけないか」（死刑囚会議『麦の会通信』95号）に自分なりの廃止論を書いた。この小さなコラムでその内容をくりかえす余裕はない。ひとつだけ挙げれば、人が命を絶たれる瞬間のなまなましい恐怖感情や呼吸の乱れや骨の砕ける音や――を想像できるからだ。国家が権力をカサにそれを成すことの不条理を憎むからだ。それは戦争にあらがう時評子の原点でもある。

死刑を考えるとき、いつも気にかかる難問がある。それだけを簡単に書く。

殺してしまった加害者の行為をどう考えるか。冤罪の危険性はないがしろにできないとして、「死刑確定者」に対する被害者家族の憎しみ、やるせなさは、やり場のないほど大きい。

被害者の父、兄弟など親族のなかには、「死刑」の不条理を強く意識して加害者の減刑を嘆願する人のいることをわたしたちは知っている。しかし、多くの被害者家族は、加害者の死によってしか晴らせない心の澱《おり》を抱え込まされている。殺しに殺し（死刑）をもってする報復の不条理を説いても太刀打ちできないほどに、それは超論理的な心情にも思える。

その思いと、どう向き合えるか。時評子ごときに明晰な考えがあるわけではない。死刑制度の廃絶を望む者として言えることは、「もし、わたしの家族が理不尽に命を奪われることがあったとして、それでも加害者を死刑にしないでください」と主張すること。

裁判員裁判でも、死刑判決が出た。裁判員たちの「苦渋の判断」には「被害者感情」という「大衆感情」が影響しているだろう。死刑制度廃止運動の立場から「大衆感情」の危うさを批判することは、それほど難しくはないだろう。しかし、「社会観念」になってしまった「大衆感情」を超えるのは、とてもヤッカイだ。天皇制と同じように。時評子もその廃絶を望んでいるが、「政治観念」というより日本社会の「大衆／文化意識」になってしまっている天皇制を崩壊させるのは、とても難しい。

「ねずみ一匹」と「奇貨」について

はしゃいだすえに、大山鳴動して鼠一匹で、幕が下りた。朝鮮民主主義人民共和国の「人工衛星」発射予告と打ち上げ「失敗」のこと。

あとに残ったのは何だろう？

ひとつは、日本の外交不在があらためて赤裸々になったこと。発射を思いとどまるよう働きかけると言いながら、まったく無力なまま、中国に下駄を預けた。「北」をイジメの標的にし、ハバ（仲間はずれ）にするグループが、それに組しない者に「おまえの責任だ、何とかしろ」と要求する図だった。「働きかける」というのなら、その前提になる対話が必要。その関係づくりをサボりつづけたまま「働きかける」といってもむなしい。前提になる対話関係とは？　当たりまえすぎる意見だが、不正常な日朝関係を正常化することだ。今回の事態を受けて、その当たりまえの声がほとんど聞かれなかったのは、フシギだ。「働きかけ」とは、陳腐な「制裁決議」でしかなかったのだ。

ふたつは、今回の事態を「奇貨」（災いを利用）として、危機感を煽り、沖縄にＰＡＣ３と自衛隊員を配備・動員して、米日共同軍事体制の「模擬訓練」に供したこと。

ところで、今回のような事態が起きて時評子はいつも思う。この国の、このはしゃぎっぷりの演出者は誰だろう、と。政治権力なのか、マスメディアなのか、わたしたち「大衆」なのか。

6月1日

「原発が消える日」のために

二〇一二年五月五日深夜、国内に五十基ある原発のすべてが停止した。「四十二年ぶり」という年月以上の意味を持つ、記憶すべき日だ。

ちょうど「こどもの日」に合致したというのが、示唆に富む。子どもと一緒に「脱原発」の行動に参加するお母さん、お父さんが多い。核汚染をのがれて、家族ぐるみ遠隔地で生活している人々も多い。子どもたちに約束された将来に心を馳せてのことだ。「こどもの日」を「原発ゼロ記念日」にしよう、という声は至極、当然なことだ。

しかし、ハードルは低くない。原発推進／守護派の暗躍とその狙いについては、このコラムでも折にふれて言ってきた。「世論」は硬軟あわせて原発NOが凌駕しているが、政治とカネの権力を握る連中が厚顔無恥の巻き返しに躍起になっている。

「闘争」ということばが地を払って久しい。しかし、「脱原発」の思想と行動は「闘争」であるほかないのではないか。やわらかく、さわやかな。

それにつけても、忸怩たる気持がぬぐえない。普天間飛行基地の「国外／県外移設」と「対等な日米関係」をかかげた鳩山由紀夫を見捨てたことがそうだが、菅直人の「脱原発依存」を巧く活かせなかったこともそうだ。核発電事故のさいの東電／官界に対する菅直人の〝奮闘〟を知るにつけ、悔いがよぎる。いまさら詮ないことだが。

「闘争」といえば、何よりも自身と向き合わなくてはならない。時評子は、ある敬愛する在日詩人から「日本一売れない小説家」という、友情あふれるお墨付きを頂戴するほど生粋のビンボーだから、飽食暖衣の暮らしとは程遠い。怪しげな「電力不足」のトリックに惑わされることもない。それでもなお、暮らしの不便さを受け容れて、これまでに染み付いた生活信条や文明／世界観を改変しなくてはならない。それは七十五年の歳月によって既成化された自分を変異させることだから、口で言うほどにたやすくはない。一種の「闘争」を迫られる。

被災地の瓦礫を受け容れるかどうかの問題も悩ましい。「脱原発」を求める人と運動はNOを表明する。放射能汚染を拡散させる危険が大きいのだから、解かる。それでもなお、損なわれた被災地を復元させるために瓦礫の除去が不可欠だとしたら、受け入れ拒否は非被災民のエゴにならないだろうか。そんな初歩的な問いに迷っている。

石原慎太郎を笑う

『太陽の季節』が芥川賞を受賞したのは、時評子が高校三年生のときだった。セピア色の読書ノートをみると、なぜか大学受験日の前日にその小説を読んでいる。チンポコで障子を破ると芥川賞を取れるらしい、と思ったのを憶えている。同時に文壇の賞にはウラがあるな、と察知した。当時、まだボクシングをあきらめていなかったので、『処刑の部屋』はまあまあだったけれど、お坊っちゃん族の暴力ごっこが鼻について、すぐあとに登場した開高健や大江健三郎に関心がシフトした。

五十数年前の見立ては正解だった。石原慎太郎には、はなから小説書きの資質が欠けていたのか、日の丸イデオロギーの犠牲になったのか、鶏と卵の関係はわからないが、成長しそこなった自意識と幼稚な上昇志向を、文学が嫌うことは確かだ。

知事石原が、東京都が尖閣諸島の一部を買う、と表明した。個人所有の魚釣島、北小島、南小島の三島である。時評子は恥ずかしながら、それらの島の所有者が民間であったと知って目からウロコだが、久場島も個人所有で大正島などが国有地だそうだ。

では、同じ個人所有なのに久場島をなぜ外すのか。久場島は大正島とともに射爆撃場としてアメリカ軍の管理下にあり、米軍の許可なしには日本人が立ち入れない区域になっているとのこと（ただし三十年以上、訓練に使用されていない）。どうやら、その事実がもたらすデッカイ問題を隠蔽するために、三島にしぼっているらしい。

石原知事の打ち上げ花火が日本主義高揚をねらった、通俗的パフォーマンスであることはまちがいない。

ところで、尖閣諸島は「日本固有の領土」だろうか。明治政府の閣議決定がそれを担保するには、公平にみてムリがある。アメリカの立ち位置も含めて、かなりのウルトラ演技をやってのけなければ国際法的・地政学的に通用しないことも研究が明かしている。

竹島／トクト問題もそうだが、「日本固有の領土」が声高に叫ばれ、領土ナショナリズムがふんぷんたる異臭を放つたびに、時評子は思う。領土争いの愚は二十世紀のコロニアリズムで卒業したはずではないか。ならば、竹島／トクト問題では日韓が、尖閣諸島問題では沖縄・中国・台湾が、国家の介入をゆるさず、民間の自立機関を立ち上げて、海洋資源・漁業を含む共同管理・運用を行なえないか。東アジア協働の夢への通い道として。

7月1日

ロケットとミサイル、どうちがう？

発射実験は失敗に終わった。それでいくらか鳴りをひそめたけれど、朝鮮民主主義人民共和国の主張する「宇宙ロケット」は「弾道ミサイル」だ、と喧《かまびす》しかった。どちらがほんとうかの判断は、科学技術（軍事科学）に疎《うと》い時評子の任に余る。しかし、「宇宙ロケット」の開発と「宇宙の軍事利用」とは、切っても切れない仲にあることくらいは知っている。以下は盗み聞きの知識を援用して。

宇宙航空研究開発機構なる独立行政法人が発足したのは、二〇〇三年。その機構は、宇宙開発は「平和の目的に限る」という法の規定によって一応、「非軍事」を旨としてきた。

ところが、〇八年に宇宙基本法が成立すると、「宇宙の開発は平和目的に限る」という国会決議（一九六九年）が抹消された。あらたに「安全保障に資する宇宙開発利用を推進」という条項に変身、軍事利用へと舵を切った。

その皮切りに打ち上げられたのが、情報収集衛星。「大規模災害時での上空からの撮影」を名目としているが、実際はスパイ衛星。やたら朝鮮北部の「核」施設を盗み撮りするアメリカのそれが証明している。

国家が操る〝ことばのあそび〟はときに怖ろしい。「平和目的に限る」を「安全保障に資する」と変換するだけで、軍事利用のスパイ衛星が地球はおろか宇宙まで飛び回る。たとえば「軍事予算」「軍事費」が「防衛予算」「防衛費」と変換されて、戦争のできる国へ大手を振って突き進む。「わが国の安全保障に資する」「国土防衛のため」と唱えれば、「迎撃ミサイル」を問答無用で南の島に配備できる。さらに虎視眈々、弾道ミサイルを手にする機会をねらっている。

勘ぐりなどと言うなかれ。民間の専門家から鳴り物入りで抜擢された、好戦派／排外主義者の防衛（軍事）相に期待の声が上がるご時世だ。

そこであらためて問う。「宇宙ロケット」と「弾道ミサイル」と、ほんとに違うの？

アメリカが宇宙の軍事基地化に野望を燃やしている現状を考えれば、答えはもちろんノー。いまさら始まったことではない。人工衛星が月に向かって飛び立ち、世界が歓喜したとき、宇宙をめぐる米ソの軍事競争はすでに始まっていた。あれから四十有余年、宇宙が危ない。月は「おとぎの国」ではなくなり、領土争いの標的にされ、宇宙は地球のすみずみまで攻撃するための攻撃基地になろうとしている。そのときまでアメリカは、沖縄の、アジアの、世界の軍事基地を手放さないつもりだろうか。

アナクロニストは悪乗りする

いまから半世紀ほどまえになる。息子の手を引いて近くの銭湯に通った。家に風呂がなかったからだが、広い湯舟は楽しかった。

その銭湯でことばを交わすようになった人は見事な刺青をしていた。上半身から二の腕のなかばをおおう倶利伽羅紋々は、白い体に似合って、いつ見てもあきなかった。やくざ映画のまがいものとも、若者たちがする墨とも、大違いだった。ちなみにその人は極道系の人ではなく料理職人だった。

藪から棒に入れ墨のはなしを始めたのは、ほかでもない。橋下大阪市長が市職員の入れ墨調査を命じて、当該の職員を配置転換するという報道を見たからだ。入れ墨は個人の嗜好にかかわるプライバシーだ、というのが時評子の意見だが、いまそれを大上段に言うつもりはない。

問題は、大阪市長の〝偏見〟と政治手法に市民が追従していることだ。

橋下市長がアナクロニズムの専制的／右傾的手法を立てつづけにぶち上げていることは、国際的にも話題になっている。教育現場に対する攻撃は凄まじい。教員に対する研修／適性評価と免職命令、日の丸／君が代の強制と処罰、デモ参加など市職員の〝政治活動〟禁止と罰則化（その他もろもろは読者にお任せする）。

一方では、関西電力大飯原発の再稼動に「断固反対」を宣言した。自己顕示のカタマリみたいな政治手法が、原発問題では気骨を示したかと思いきや、舌のネも乾かないうちに期間限定の再稼動容認に変節。財界あたりの恫喝に屈したか、大阪市が関電の最大株主であることに思い至ったか。理由は定かではないが、臆面もなく方針を変える変節者をアタマに据える勢力が国政を引っかきまわすことになれば、悲劇だ。

最後にふたたびことばの詐術について。

オウム真理教最後の特別指名手配の容疑者が逮捕されて、「防犯カメラ」の威力が喧伝されている。しかし、あれは国家権力が画策する「秘密保全法」とセットで、一億総監視を目的に配置されている、国家的プロジェクトの「監視カメラ」ではないのか。たかがことば、されどことば、だまされまい。

8月1日

日韓「軍事協定」をめぐる〝怪〟

日韓両政府のあいだで画策されていた「協定」の締結が頓挫している。手続きも内容も奇怪なふたつの「軍事協定」。軍事分野中心の「秘密情報保護協定」と、自衛隊と韓国軍の「物品役務相互提供協定」の〝怪〟だ。

日本国内では、ふたつの「軍事協定」に対してシビアに受けとめられていなくて不思議だが、韓国内では、政府高官が引責辞任し、青瓦台（大統領府）への批判が高まっている。原因を簡単に言えば、韓国政府が「協定」を閣議決定したのに、国会説明も報道発表もしなかった「密室処理」にある。

しかし、ほんとうの理由は、軍事力を背景に朝鮮半島を侵略して、いまだに植民地支配の国家責任も賠償も果たしていない、そんな日本政府と「軍事協定」を結びたいとは、なにごとか！　そんな国民の怒りにちがいない。最近の世論調査では、締結署名に反対47％、賛成は15％にすぎないという。

この「協定」は表向き「北」を射程に据えているが、例によって例のごとくバックにアメリカ政府の思惑／圧力がはたらいている。アメリカ政府は、韓国軍からの弾道ミサイル射程延長の要請を利用して、「協定」の締結を急がせたようだ。中国が「協定」は「三角軍事同盟につながる」として抗議しているのは正当だろう。

韓国内の動きとアメリカの干渉はひとまずヨコに置いておこう。

問題は日本政府とわたしたち「国民」だ。

日本政府は六月二十九日を閣議決定としていたが、これら「協定」についてどれほどの議論がなされたのだろう。アメリカが背後操作して（ガンを効かせて）、「協定」を急かしている以上、それが朝鮮半島情勢を視野に入れてというより、中国に対する軍事戦略であることは、ほとんど常識であろう。

中国への敵対感情と従米意識がセットになって、かなり危ない様相で「国民」を制圧している。朝鮮民主主義人民共和国に対して見られる思考停止が、中国に対しても波及しつつある。

日本国民のなかに、なぜふたつの「協定」に対する批判と抗議が顕在化しないのだろう。たぶん大事なことを忘れているからだ。大事なこと。歴史の事実。かつて軍事支配した相手国である韓国に向かって、「軍事協定」を結ぼうなどとは、恥ずかしくて持ちかけられないはずだ。〝親日〟と〝反北〟を絵に描いたようなMB政権あるいは極右勢力はともかく、韓国国民を舐めきった、侮辱でしかないだろう。

そこに思い至らないとしたら、他者に対する想像力の完全欠如。それ以前に、ゴーマンゆえの鈍感あるいは鈍感ゆえのゴーマンかも。自分を対象化して正確に自己像を描く、そのトレーニングが（わたしたち）日本人にはできていないのかもしれない。そうだとしたら、いま「日本」が危ない。

「大衆」って誰？ なに？

政治や社会の出来事／現象を見ていて（あるいは時にそれに参加して）、「大衆」ってなんだろう、とわからなくなることがある。とくに政治や社会と「大衆」の関係について。時評子も「大衆」の一員なのは、まちがいないのに。

『広辞苑』を引くと出てはいる。〈多数の人。多衆。民衆。特に、労働者・農民などの一般勤労階級〉。時評子も政治家や△△運動指導者の手垢にまみれた用法を聞くにつけ、そのコトバを使わないように自戒しているが、折々文章に書く。「大衆文学（小説）」「大衆社会」「マス（大衆）メディア」「大衆感情（意識）」などと。

世間では「国民大衆」「勤労（労働）大衆」「大衆消費」「人民大衆」などとも言い習わしてきた。これらのことばによっておおよその定義を了解してきた。「大衆」と「烏合の衆」を＝でむすぶ人もいる。とすれば、「大衆」とは国家／社会のマジョリティであるらしい。政治・カネ・報道という三種の権力たちが逆マイノリティだとすれば。

しかし実際のところは、名付けがたい曖昧模糊とした何か、誰かを「大衆」というコトバによって重宝に、バーチャル・イメージしているだけかもしれない。

誰か？ なにか？ 実体はよく見えない。「大衆」とは鵺《ヌエ》みたいな〝妖怪〟なのかも知れない。頭は猿、胴は狸、尾は蛇、手足は虎、声はトラツグミという怪獣「ヌエ」。政治（家）やマスコミと「大衆

（有権者）」の関係を見ていると、「大衆」とはたしかに百変化の〝ヌエ〟にも見える。

東京都知事Ｉ、大阪市長Ｈ、そのほか彼これの首長を思いうかべると、選挙がカッコつきの民主主義とはいえ、とりあえず選んだ彼らが「民主主義」とは真逆のファシズムまがいの思想と政策をほしいままにしても、それをもまた従容として支持し、したたかに日々の暮らしに邁進する。

世の動き／体制を作っているのは、「権力」と「大衆」どちらだろう？

9月1日

「8・15」少年の記憶

雨の降るモノクロフィルムのような、セピア色の写真のような、一枚の記憶のシーンがある。

砂ぼこりに白くけぶる道路沿いに線香をつくる工場があった。「センコ屋さん」と呼ばれるその家に四、五人のおとなが集まって花札をしている。誰かが柱時計を見て何か言うと、花札は中断して、ラジオがおとなたちの円座のなかに置かれた。間もなく消防のサイレンが鳴る。ラジオから人の声らしきものが聞こえ始める。雑音がひどく変な抑揚の声しかわからない。雑音のなかに声が消えると、ラジオも消えて、おとなたちは花札に戻った。

小学校二年生の少年は、格子戸のあいだに顔をくっつけてその一部始終を見ていた。

夢に見たか、空想したか、あるいは小説の一場面として描いたことがあるので記憶のフリをして蘇えってくるのか、六十七年も経ると真偽のほどが覚束ない。覚束ないままに、それはわたしの「敗戦の日」の情景になっている。

知多半島の小さな漁港のある町で育った。家から二キロと離れていないところに中島飛行機半田製作所があって、敗戦の二十日ほどまえにアメリカ軍の空爆を受けた。家から目と鼻の先を走る鉄道が輸送路だったので狙われた。鉄道に沿うあちらこちらに爆弾の穴が空き、雨水がたまるとなぜか牛蛙が棲んだ。兄貴のあとにくっついてそれを釣りに行く。食用蛙の腹に包丁で縦一文字を入れて外套を脱がせるように皮をはぎ、解体する。中学になったばかりの兄貴の手さばきは見事だった。七輪で焼く。醤油の染みた腿身はやわらかく香ばしかった。

あの中島飛行機の空爆で、朝鮮半島の北辺の地から強制連行されてきた人びとと「内地徴用」の人びとの、朝鮮人四十九人が亡くなった。そのことを知らないままの、飢えた少年の戦後の始まりだった。この国の「戦後」と併走して、暮らしを立て、紆余曲折しながら思想らしきものを造ってきたことになる。そして、後知恵で言えば、非力ながら一人の人間として「戦後責任」にどう向き合うかをテーマにしている。二〇〇六年に『〈在日〉文学全集』全18巻（勉誠出版）を編纂したとき、文学のうえではその一端を果たせたかな、とみずからを慰めてはみたけれど、他の分野ではなにごとも成し得ていない。

オリンピック狂想曲

この文章を書いている八月十七日の数日前まで、世間も報道関係も大騒ぎだった。お祭り騒ぎならまだしも、「メダル」「メダル」の絶叫に耳が痛んだ。

前項に続いて回想ばなしを持ち出して恐縮だが、オリンピックが来ると思い出すのが、三十年ほど前の名古屋誘致のこと。あのとき『労働者文学』から依頼されて一九八一年・6号にルポルタージュを書いた。題して「平和の祭典か戦争代理ゲームか――幻の名古屋オリンピックと反対運動」。

いろいろ調べるうちに可笑しくて笑ってしまった。ドーピングの横行、ウラで行き交う金、セックス・チェック、英才教育の体操選手に対する成長抑止剤、砲丸投げの女子選手が腕力をつけるために牛の睾丸エキスを服用してヒゲが生えてきた話。そんな〝人権侵害〟のエピソードに事欠かない。それらエピソードも笑って済ませられることではないが、問題はやっぱり、オリンピックにおける「国威高揚」と「戦争代理ゲーム」。ナチス・ヒットラー政権下の一九三六年ベルリン大会が有名だが、東西冷戦下の大会もその典型だった。冷戦とはかかわりない国々もそれをまぬがれなかった。

オリンピックに反対する理由の根っこは「国威高揚」と「戦争代理ゲーム」にある。オリンピック大会そのものを否定する考えもあった。しかし、一筋縄で割り切れないのもまたオリンピック。たとえば八八ソウルオリンピックの場合がそれだった。もし朝鮮民主主義人民共和国と大韓民国が統一コリア代表チームを結成して参加したなら、朝鮮半島の人びとと海外コリアンの宿願に近づくために、留保つきながらオリンピックの効用があった。

今回のロンドンオリンピックで得たメダルの数が三十八個で日本チームの史上最多だそうだ。時評子も〝快挙〟としてそれに拍手する。わたしのような凡才からみたらカミワザに近いアスリートたちの演技、競技を見るにつけ、彼/彼女らのそこに至る心身のトレーニングに脱帽する。それとは比べるべくもないけれど、ジムの選手たちが「強くなりたい」「ベルトをつかみたい」の一心で汗をながす姿に時評子も接している。だからアスリートたちが「メダル」を追う姿はまぶしい。

しかし、「メダル」は「国家」のものでも「国民」のものでも、ない。彼女／彼らのものだ。「国威」や「日の丸」に横領させてはならない。

10月1日

「固有の領土」のマジック

独島（竹島）と尖閣諸島をめぐる日本、韓国、中国（台湾）が「三角対立構図」になっている。そんななかで日本列島を席巻しているコトバが「固有の領土」。政・官・民こぞって、思考停止の大合唱である。その思考停止の発症源であり、下支えしているのが、排外意識を出自とする「領土ナショナリズム」だから、始末に困る。

「固有の領土」という概念ほどアイマイモコとして、怪しげなものはない。近代国民国家の成立期（その帝国主義的領土略奪）を間に置いて、「それ以前」と「それ以後」のどちらを基準にするか。それによって帰属の「固有性」は分かれる。

「それ以前」を基準にすれば、いま日本政府、マスメディア、国民が大合唱する「固有の領土」は根拠を失なう。時評子が見聞きした文書、資料、映像ドキュメントなどを総合すると、公正・客観的に見て、独島（竹島）も尖閣諸島も、残念ながら日本の「固有の領土」と強弁するにはムリがある。

ということは、「それ以後」の帝国主義的略奪の近代史を無批判に是認することなしには「日本の領土」を主張することはできない（それさえもかなり強引なリクツが必要だが）。

近代国民国家を形成する過程と帝国主義的野望が、寸分の間隙もなくセットになって、台湾、朝鮮を植民地にし、中国侵略を進めた歴史事実は、いまや否定するのは難しい。その表象とも言うべき「日清戦争」「日露戦争」の折に、相手側と正規の条約をむすぶのではなく「閣議決定」によって「尖閣」と「独島（竹島）」を「日本の領土」にした。戦後、独立したときも、条約が交されることなくアメリカの「黙認」をタテにして「固有の領土」を主張した。

これでは日本のアジア侵略に目をつむる、または否認する、あるいはアメリカの極東軍事戦略に服従する、そうでなくては「固有の領土」のマジックは生まれない。近代日本の国家形成期におけるボタンの掛け違いと戦後の責任逃れによって温存された、すっぱだかの「領土ナショナリズム」。過ぎ去った帝国主義の世紀の、その亡霊が「固有の領土」の大合唱に取り憑いている。「竹島が日本の領土ではないというのなら、韓国はその証拠を出すべきだ」と無知をさらけ出す橋下徹。証拠から目をふさぐのもマジックの手練。

時評子から「ロマンティックな提案」をひとつ。「独島（竹島）」であれ、「尖閣」であれ、国家の領土を言い争うのはよしたらいい。それぞれの当事国の民間団体が代表して、国から完全に独立した協議機関を設置する。資源、環境、地勢などすべてにわたって共同／協働で管理／運用する。得るものもその機関が管理して配分を決める。いわば高度／戦略的な「無主地」にする。それでも互いのエゴがぶつかりあうだろうが、国家エゴよりはマシだろう。

自衛官を生贄にする〝事故隠し〟

「三角対立構図」の領土問題に戦後アメリカの極東アジア戦略と日本の従米政策が深く関わっていることは前項で言った。ここでは、「日米同盟」なるものの、もうひとつの断面を。

元自衛官が、国に損害賠償を求める訴訟を名古屋地裁に起こす（九月十五日の現段階では予定だが今月中に提訴するという）。原告は、さきのイラク戦争の折に派兵された三等空曹Iさん。イラク特措法によって派兵された自衛官が国を訴えるのは初めてらしい。

Iさんは二〇〇六年四月に通信士としてクウェートの空軍基地に派遣された。事故は七月、米軍主催の長距離走大会で起きた。Iさんはレースの先頭を走っていた。民間軍事企業の米国人が運転する米軍の大型トラックにうしろからはねられたのは、そのときだった。Iさんは左半身を強打して意識を失なった。

現地の空自衛生隊には治療施設がなく、首にコルセットをはめただけ。幹部に「米軍に治してもらえ」と言われたともいう。クウェートの民間診療所でも意思疎通がままならず、まともな診察を受けられなかった。なのに、防衛庁長官の現地視察の際などにはコルセットを外すよう、上官から命じられた。事故から帰国までの二ヵ月弱、「戦傷者」として早期帰国の措置も取られなかった。公務災害補償の手続きも、Iさんが求めるまで行なわなかった。

帰国後、Iさんは病院で外傷性顎《がく》関節症と診断され、医師から「なぜ放置したのか」と言われたという。顔や腕に後遺症が残り、身体障害者4級に認定された。

イラクで展開する航空自衛隊の輸送機が軍事物資や米軍兵士を輸送していることが明らかになり、憲法違反の軍事行動を指摘されるなかで起きた事故。自衛隊幹部がアメリカ軍の顔色をうかがって、隊員の身体を犠牲にする、あきらかな事故隠しだった。

「日米同盟」の闇を暴く、その象徴的な事件の断面である。

11月1日

〝従米さん〟はオスプレイに乗って

このコラムでも折々に書いてきた。それでも書かなくてはならない。従米とオスプレイ強行配備のことを。

森本某って、あれは何だろう？　大学教員、自民党ブレーンだった右翼系タカ派の論客、寝返って（？）野田政権の防衛相になった。そんな人物にはちがいない。

不思議なのは、あのマンガチックな（といっては漫画作家たちに失礼だが）キャラだ。オスプレイに訓練飛行でもない、つまみ食いの試乗をして、「快適な乗り心地だった」「騒音も気にならなかった」

と得意満面。あげく「調査結果」と称するアメリカの通告を鵜呑みにして「安全宣言」。普天間配置をごり押ししている。「地元の理解を得られるように最大限の努力をする」そんな空疎なことばを決まり文句にして。

「理解」が得られるはずはない。沖縄の人びと（だけではなく本土でも抗議の声は上がっている）は不退転の意志を示している。首長たちも今度こそは断固、反対を貫くだろう。そもそも基地撤去を求める〈怒〉からすれば、安全問題にすりかえることはマヤカシなのだ。原発の場合の安全論議も同断。オスプレイの配備自体が許されない。

森本某の「民主主義」はほとんど末期症状らしい。「民意」の重みがまるで理解できていない。だとすると、彼のキャラの滑稽を茶化して済ますわけにもいかない。彼が学者を名乗るなら、同業の人たちはメンツを汚されて黙ってはいられないはずだ。

政治家たち特に政権を握っている連中はなにかにつけて「民意を尊重して……云々」と口癖にする。そのくせ「民意」を捏造して、およそ真反対の挙に出る。舌を出しながらか背中を向けてそのセリフを言ってるのだろう。

森本某のもうひとつの顔は右翼系タカ派なのだから、ひとことくらいはアメリカにNOを言ってもよさそうだ。なのに、アメリカ隷従に邁進している。星条旗を掲げて行進する右翼思想家あるいは日本主義者あるいは日米安保信者が登場する、そんな時代が到来したということか。ならばブラック・ユーモアにもならない（時評子の文学はあらゆるユーモアを愛好するが）。

日本および日本人社会のアメリカ・コンプレックスは、いよいよ重篤化している。黒船の襲来以来、戦争・敗戦、原爆投下、占領、軍事植民地――と、アメリカにレイプされつづけてきたトラウマがコンプレックスの病根だとしたら、その呪縛を解かないかぎり日本／人の解放はなさそうだ。

時評子は民衆の思念と想像力が見事に詰った妖怪を愛する。しかし「日米同盟」という「妖怪」だけは退治したい。

社会心理学的な「だまし」の術

大飯原発が再稼動して、またたく間に時間が過ぎていく。あとには「だまし」マジックの残骸が残される。

政府や電力会社の、原発0までの期限を設定した意見聴取会、官邸を包囲する脱原発行動の代表との首相面談などは、アリバイつくりの一種のだましにすぎなかった。

大衆誘導型マインド・コントロールのテクニックは、社会心理学によって説明できることを知った。たとえば、東京電力が一般家庭電気料金の値上げを画策した。まず東電は10・28％を申請する。政府がそれに難色を示す(ふり)をして議論(?)のすえに8・47％に決める。それで利用者には1・81％値下げさせたように錯覚させる。はじめに大きい数字を吹っかけて、徐々に下げることによって交渉を有利に運ぶ。

これを社会心理学では「ドア・イン・ザ・フェース」と言うのだそうだ。

同類の手法が「アンカリング効果」というもの。たとえばスーパーや商店で用いられている手口。通常価格四千九百円を赤線で消して、その下に特別価格三千九百円を書く。赤線で消された価格がほんとうの価値と思わせて、消費者の値引き感を誘導する、あれだ。

しかし、もっとエゲツナイのが、その名の通り「恐怖喚起コミュニケーション」と呼ばれる心理操作。大衆のなかに不安や恐怖をあおって特定の態度や思考、行動を取るように仕向ける、文字通り恐怖を喚起して従わせる手法だ。

「原発が止まると電気が足りなくなりますよ」「電気料金は上り、大停電も起こりますよ」「原発なしでは日本の経済は崩壊します」「国民生活は成り立たなくなります」などなど、政府、電力会社、経済界、一部の国民など原発維持派が連発する、脅しの言説や情報がそれだ。

識者によれば、そのテクニックはいま成功していない。大衆の意識は進化して〝大本営発表〟に巻き込まれるほどお人よしではない。だから、脱原発の意思と行動はぶれずにうねっている。希望の芽だろう。

12月1日

冤罪製造人はなぜ謝罪しない?

なぜかトリックスターを思いうかべた。「いたずら者」「道化」などと呼ばれるトリックスター。神話、民譚、狂言などに登場して、時間と空間が停滞しはじめると「いたずら」を仕掛けて秩序を撹拌し、物語を動かす、あの演劇的存在のことだ。

小沢一郎の言動を眺めてトリックスターを想像するのは、なぜだろう。保守型政治家のサンプルみたいな政治体質／手法の彼はトリックスターとは対照的のはず。壊しては作り、作っては壊す癖《へき》が、トリックスターを連想させるのだろうか。壊しては作るたびに野党／少数化して「権力」から遠去かる政治人生も、結果として反権力的な秩序撹乱者なのかもしれない。

陸山会事件の控訴審判決で無罪が言い渡された。その会見で小沢一郎と「やわらちゃん」が並ぶショットは、ほのぼの漫画的にユーモラスだった。トリックスターは道化的ないたずら者なのだ。小沢一郎が無罪だとすると、強制起訴は一種の〝冤罪〟ということになる。今回、問題にするのは小沢一郎のエンザイではない。皮肉ではすまされない正真正銘の冤罪事件だ。

ネパール人のゴビンダ・プラサド・マイナリさんの再審無罪が確定した。東京電力女性社員殺害の容疑で無期懲役が確定していた。なんと十五年におよぶ歳月、社会から隔絶されて自由を奪われ、引き剝がされた妻子は「殺人者の家族」という差別に堪えてきた。無実の罪によって！

なのに、検察と裁判所は肺腑をえぐって謝罪したか。冤罪が明らかになるたび、時評子が思うのはそのことだ。答えはいつもNO。検察は上訴権を放棄することで、裁判所は無罪を判断することで、謝罪は済んだと考えているのだろうか。検察／裁判所という権力機関ではない。検察官個人々々、裁判官個人々々――血の通った人間として痛恨の想いはないのか。

奇妙なのは、マスコミも。警察による逮捕にすぎない「容疑者」の段階で、限りなく「犯人」として報道する。その癖《へき》が世間という妖怪に予断を刷り込む。ならば冤罪が明白になった段階で謝罪するか。十中八九、謝罪はしない。検察を批判して、無実の人に通り一遍の同情を寄せて、済ます。マイナリさんの場合、冤罪のウラに外国人に対する偏見がなかったとは言えない。ならば民族差別への謝罪もなくてはならない。

警察／検察／報道という「謝罪しない同盟」が出来上がっている。世間という妖怪がその権力同盟に加担する。

「島田事件」で無実のまま死刑囚にされ、冤罪無罪となった赤堀政夫さんに、裁判所から裁判員候補の通知が届いたとの記事が、けさの新聞に載っている。死刑囚として獄中にあったとき、執行を予測した日、髪が一夜にして白くなった――赤堀さんからそんな話を聞いたことがある。

記事によると、赤堀さんは怒りを込めて裁判員候補を拒否した。理由は「裁判を信頼できない」。

復興予算の横領事件

まさに「アッと驚くタメゴロウ」。むかし稀代のコメディグループ「クレイジーキャッツ」のハナ肇が連発したギャグだ。「風が吹くと桶屋が儲かる」とか「人の褌で相撲を取る」という俗言がある。朝鮮半島では「腹より臍のほうが大きい」というコトバがある。本末転倒という意味だ。とにかく、そんなコトバがつぎつぎと浮かぶ。東北関東大震災＋核発電崩壊事故の復興予算が、とんでもない方向に流されている問題のこと。

被災地以外の工場などへの設備投資支援、Ｃ２輸送機二機＋Ｃ１３０輸送機六機の購入、インフラ輸出のため民間企業に現地調査を委託、青森・茨城県での国際熱核融合実験炉の研究支援、沖縄県の緊急輸送道路の整備、反捕鯨団体の妨害対策で南極海鯨類捕獲調査に補助、首都圏などの国税庁施設の耐震改修工事、国立競技場の補修、刑務所での訓練用小型建設機械と教材の購入、そして極めつけがベトナムへの原発輸出に関する調査事業費五億円。目もくらむ〝流用〟のオンパレードだ。

役所も経産省、防衛省、外務省、文科省、内閣府、農水省、財務省、法務省と軒並み。

被災地の人びとはいまなお避難暮らしを強いられている。多くの人が生活資金も仕事もなく、事業再開のための資金もままならず、「災害／原発難民」との声もある。それなのに、被害者たちの手に一刻も早く、いくらかでも多く渡らなくてはならないカネが分捕られている。そのことに胸を痛めない連中の感性は、どうなっているのだろう。被災者／被害者を侮蔑しているとしかおもえない。

これは、「横領」というれっきとした犯罪事件だ。〝流用〟などというコトバのゴマカシでは済まされないはず。

検察は起訴しないのか。

2013年

「神に亜麻のひげをつける」
（信仰心を隠れ蓑に人を騙す）

2013年1月1日

乱立／基軸をどこに据えるか

賑やかなことになった。クイズ番組に「今回の選挙に候補者を立てる政党名をすべて答えよ」なんて質問が出そうだ。十四ほどのそれを時評子はフルネームで答えられない。

今号は新春号なので締め切りが十二月一日。だから政党乱立のなかで〝清き一票〟の軸足をどこに置くかを。

先ず、絶対に投票しない政党／候補者から挙げる。

①憲法（九条）改悪を党是・政治信条として「国防軍の創設」「集団的自衛権の行使」「非核三原則を見直す」「自衛隊は中国・北朝鮮の軍隊に勝てる」などと声高に叫んでいる、好戦派の党・候補。その筆頭は？　本紙の読者は先刻、ご承知なので省略する。

②原発推進に血眼になっている党／候補。この一派は核開発／武装をもくろんで原発護持に血道をあげているので、「日本も核武装を」「原発は抑止力になる」などと暴言をはく党・候補も同断。これも読者は先刻、承知だろう。

③尖閣諸島、独島（竹島）、北方四島などを「固有の領土」と連呼して浮かれている党／候補。これは少々、厄介だ。党員一人一人はどうか知らないが、ほぼすべての政党が「右」から「左」まで「固有の領土」の大合唱だから。この問題に限れば、抗議の意思を込めて白票、無効票を投じるという選

択肢もある。あるいは尊敬する人物、たとえば親鸞、マハトマ・ガンジー、キング牧師などの名を記すこともありうるだろう。ちなみに、時評子は投票したい選挙区候補、比例政党が見つからない場合は「積極的棄権」と書いて投票することにしている。二十歳から現在までの五十五年のあいだに自治体選挙を含めて投票に行かなかったことはない。

④排外主義に凝り固まった日本主義者が群がっている党とその候補。これはアメリカ隷従意識とコインの裏表なので、宗主国アメリカを崇拝してやまない党／候補者も同断。

⑤口だけ番長で威勢よく吼えて、方針をコロコロ変える野合派。この手合いが権力を握ったら政治は支離滅裂になる。たとえば石原・橋下一派。

沖縄の基地撤去に関する見解ほか、まだまだ続くが、省略。

では、どの党／候補者に投票するか。答えは簡単。投票しない党／候補に対して対置法を適用すればいい。すなわち次のような党／候補だ。

①反戦・平和を旨として憲法九条を世界と結ぶ党・候補。

②原発ゼロをつらぬく党／候補。ただし「三十年」などという無責任ではなく、「即時」すくなくとも「十年」を限度に可能な限り早く脱原発。

③「右」であれ「左」であれ領土ナショナリズムから自由な党／候補。

④歴史と戦後責任に誠実に向き合い、他者を尊重する党／候補。

⑤張りぼての大言壮語ではなく武骨に党是と思想信条を堅持する党・候補。

はたして十二月十六日は吉と出るか凶と出るか？　ひょっとすると、政党乱立は好機かもしれない。

一極と堕した二大政党（そのミニチュア版新政党も含む）の枠組みが瓦解して、五つくらいの政党が背丈比べをすれば、斬新な「政治のかたち」が見えるかも知れない。そんな初夢はありやなしや。

振り返ること・抱負みたいなこと

この連載コラムでは、私事なので避けてきたことがある。〝本業〟の文学活動のことである。新春号なので、今号はちょっとわがままをする。

まず二〇一二年を振り返って。

在日朝鮮人作家を読む会の文芸誌『架橋』31号に「小説3・11」と銘打った作品「消えた」と「ウニムの場合」を同時発表。この小説二篇は単行本『消えた』（ミネリ書房・限定版）になった。金石範『過去からの行進』の書評を東京／中日新聞四月八日読書欄に掲載。金時鐘について「ことばを蘇生させる力ある」を中日新聞十月八日朝刊に掲載（その他の執筆は省く）。

社会科学研究費助成という制度がある。名古屋大学教員の友人が「社会参加としての在日朝鮮人文学――磯貝治良とその文学サークルの活動を通して」という主題で申請したら、審査に通った。彼らがチームを組んで三年間の研究プロジェクトを進めて、完了。その関連で開かれたフォーラムで「わたしの文学の旅と在日文学のゆくえ」と題して講演。研究報告集も刊行された。

十一月にソウルの建国大学で学術シンポジウム「日・韓両国の視座から読む『在日文学』」が開催された。そこで基調講演「文学に見る〈在日〉の変遷とこれから」を行なった。シンポジウムの翌日、車で仁川国際空港に向かう途中、長いデモ行進に出会い、三十分ほど通行止め。人民の力から労働者大会に参加したそうなので、デモ隊のなかに誰かいたのではないだろうか。

紙数が尽きて、「抱負」は看板倒れになってしまった。とにかく二〇一三年も地道にしつこく。皆さんと共に。

2月1日

不思議な「民主主義」

「最悪の事態になりましたね」

友人知人と交わす新年の挨拶ことばが、そんなフレーズになってしまった。「おめでとう」を言いにくい新年辞とは、変な気分だ。

「最悪の事態」とは言うまでもなく、自・公政権への逆走のこと。日本の再軍備を「逆コース」と呼んだのは一九五〇年代だが、安倍政権誕生はトラックをゴールからスタートラインへとコースを逆に走る奇行に似ている。

国民と呼ばれる人びとは、なぜ奇行を選んだのだろう？　選挙前、マスコミによる予測という名の自民キャンペーンに乗せられたとは思いたくない。事実、自民圧勝が「民意」とは断じがたい。自民の得票率は40％そこそこなのに、70％余の議席を獲得しているのだから。全有権者数からみれば、自民得票率は25％ほどにすぎない。

一般論を言えば、現行選挙制度のアヤがなせるワザなわけだが、これは民主党が圧勝した時と同じなのだから四の五の言えない。政党乱立で漁夫の利を得たというのも一般論だが、これも間接「民主主義」の一種の在りようだ。ともあれ、「脱原発」が国民の過半数世論なのに、再稼動どころか増設までもくろむ勢力が権力の座に舞い戻るとは、なんとも不思議な世の中である。

安倍晋三・石破茂とその仲間たちは、参院選までは爪を隠しているつもりらしい。とはいえ、仮面の下の素顔はすでに透け透け。改憲工作、軍隊強化、米軍隷従、歴史改竄、好戦的な対中国外交など、どれをとっても手の内は見え透いている。復興予算を沖縄の国道整備に流用する方針は撤回しないという。その目的が、基地の辺野古移設やヘリパット配備、アメリカ兵の犯罪などに怒る県民に対する懐柔にあることも見え透いている。

政治／社会を時評する場合、批判とか風刺が愚痴とか慨嘆になりやすい。特に今回みたいな「最悪の事態」に直面すると。「自民党に投票したのは、誰だ」と「国民」への恨みごとも言いたくなる。安倍君よ、早く「腹がいたい」とか言って、前回のように幕の向こうへ消えてくれ、とも言いたくなる。

しかし、時評子がこのコラムで心がけているのは上品な批評と風刺なので、そうは言えないところが、辛い。

なにはともあれ、あきらめずに逆行に抗うしかない。とはいっても空中を浮遊するスローガンや決意表明ではない。わたしたち一人一人の生きようを立て直したい。それをつなげて、日々の生の現場に抵抗／レジスタンスのトリデを造りたい。

時評子は、出たとこ勝負の手法で人生してきた。だから希望に賭けるつもりもない。そのかわり、絶望の虚妄なることも知っている。

居酒屋談義／「平和ボケ」考

読者のみなさんのなかには居酒屋系左党が多いのではないか。時評子も人後に落ちない居酒屋派だ。行きつけの店が五、六軒あり、三十年来のなじみもある。どの店にも酒の肴に恰好のおしゃべりをするなじみ客がいる。ほとんどが職人なので、話のネタは知らない仕事の世界。聞き役にまわるけど、飽きることがない。家の建て方をめぐる大工の話、いっこく者のペンキ職人が語る賃金をめぐる話、建具職人がかいま見る施主一家の事情、アンコ職人の現場と暮らしなどなど。

名古屋には沖縄、九州、四国方面出身の職人が多い。ほとんどが中学を卒業後、大阪あたりで修業して、名古屋に来たケースだ。故郷の話、虚実ない混ぜた有為転変の自己史を聞ける。

居酒屋を数軒ハシゴして、なじみのカラオケに行く。ママさんは奄美大島で生まれ育って、今はナゴヤンチュと自称している。造りはスナック風のバーだが、夫がサラリーマンなので生活には困らず、格安の自称貧乏酒場。

居酒屋の話にもどる。

「平和ボケ」。それが居酒屋でしばしば聞かれることば。というより居酒屋空間をときに席巻する。親愛なる酒友たちも例外ではない。しかも時評子が日頃、思っている「平和ボケ」とは真逆の定義なので、すこし面倒なのだ。

簡単に言えば、街宣右翼・ネット右翼・ザイトク会を足して3で割っても割り切れない、それが居酒屋談義における「平和ボケ」の実態で、「改憲」「防衛軍創設」「核武装」に反対している市民などは、「北朝鮮」や中国の脅威に対して能天気な「平和ボケ」――という定義になる。面倒なのは、その定義が居酒屋でのオダにとどまらず国民心理になりつつあることだ。

時評子が考える「平和ボケ」の〝定義〟とは、戦争が人間の心と身体に及ぼす残忍な破壊行為にたいして想像力を失なっている状態のこと。戦争好きの政治勢力の逆走に唯々諾々と従ってしまう心理のこと。

居酒屋では時評子は「北朝鮮」と中国に味方する「変なじいさん」なのだ。

3月1日

アルジェリアから遠く離れて

アルジェリア革命（戦争）が半世紀ぶりによみがえった。セピア色の記憶の向こうから。といっても、一篇の映画と小説のこと。

アルジェリアは一八三〇年に侵略されて以来、フランスの植民地にされた。第二次世界戦争が終結したあとも、フランス軍による圧制、虐殺、投獄／拷問、欺瞞の鎖から解かれなかった。そのなかで一九五四年十一月一日、アルジェリア民衆が立ち上がった。

その闘いを描いた映画が『アルジェの戦い』。記憶はうすれているが、一場面が明瞭に残っている。カスバにある革命闘士たちの地下アジトの場面だ。カスバとは印象とは違って、要塞という意味のアラブ人街。軍隊や警察も踏み込めない「聖所」であった。

一方、小説は、モリアンヌというフランス人の作『祖国に反逆する（原題『脱走兵』）』。副題には「アルジェリア革命とフランス青年」とあったはずだ。

アルジェリア戦争が始まって六年ほど経った時代。アルジェリアに派兵されるフランスの若者たちのあいだに苦悩があった。そこで強いられる凄まじい不条理に目覚め始めていたからだ。

青年たちは良心に問いながら実存的選択を迫られた。戦場に行くか？　それを拒否して、脱走あるいは入獄するか？　その迷いの果てに、良心的兵役拒否の道を選択する。「若きレジスタンス」と呼ばれた。その若者たちの苦悩と決断のプロセスをダイアローグによって描いた小説だった。

『祖国に反逆する』を読んだのは、ベトナム反戦運動が始まった頃と記憶する。のちに脱走米兵のサポートにわずかながら関わったのは、一篇の小説から受けた影響であったかもしれない。

友人宅に反戦兵士が匿われていた。十九歳の米兵だった。和食に慣れない彼の食事に友人家族は苦慮していたが、「若きレジスタンス」はなぜか（即席）ラーメンが好きだった。

よみがえった記憶の重さのせいか、今回の「人質事件」に遭遇した安倍首相らの言動が虚しかった。「世界の最前線で働く日本人」「人質の生命を最優先」「国際社会と連携して断固、テロと戦う」――威勢よく叫ぶ首相の姿が空疎なポーズに見えた。

案の定、アルジェリア政府の軍事行動によって「生命を最優先」の要請は無に帰した。すると、人質を殺害したのはすべて「テロリスト」ということになって、アルジェリア政府の対応は問われることなく「テロとの戦い」が絶対化された。

安倍首相が「世界の最前線で働く日本人」と連呼するのを聞いて、かつて「大東亜共栄圏」に比して言われたアジアへの「経済侵略」を思い出した。無論、死者が問われる筋合いはない。日本人十名をふくむ死の重みは測り知れない。同時に、事件の解決に示したアルジェリア政府の対処が、時評子の胸に刺さる。その政府の出自は、かつてフランス軍と独立戦争をたたかった「アルジェリア国民解放戦線（F・L・N）」のはずだ。今回の事件の発端はフランス軍のマリ介入だった。

あっぱれな〝やわらちゃん〟たち

スポーツ界での暴行事件がかしましい。時評子は大学で非常勤講師をして、JBC認定のセコンドライセンス所有者だが、「教育者」とも「スポーツ指導者」とも自認はできない。寸見を。

「体育会系」の右翼型暴力傾向は一種の「伝統」になっている。勝ってナンボの気風と勝利至上の価値観が、ときに「体罰」を容認する。だから、「指導」と「暴力」の境界をアイマイにして、「伝統」を支えてきた。

十五名の柔道女子選手たちの勇気ある行動が、その「伝統」の欺瞞を突いた。これは快挙と言っていい。

「体罰」や「暴力」は「教育」や「指導」とは対極にある。選手の精神性や技量、身体能力を高めはしない。せっかくの可能性を封殺して、萎縮させるだけだ。とはいえ、問題を指導者個人の資質に帰して済ませてはならない。

たとえばボクシングの場合。もともと打ち合うスポーツではあるが、単なる殴り合いではない。ミット打ちが示すように、指導者は選手に打たせ、パンチとフットワーク、試合の運びをことばと身体でトレーニングさせる。ボクシングは身体表現であり科学的スポーツなのだ。

勝利至上主義は、オリンピックで頂点に達する。日の丸を背負わされた選手たちは「戦士」に見立てられて、オリンピックという国威発揚の戦争代理ゲームの舞台に立たされる。いつのオリンピックだったか何の種目だったか、予選落ちした選手が「開会式と競技を充分に楽しめた」とインタビューに答えていた。時評子は拍手を送った。その選手を「二度と代表にしない」と激怒するＪＯＣ役員の姿は醜かった。

オリンピック・ナショナリズムは、政治ナショナリズムと一つの根っこだ。

4月1日

ナショナリズムを心理分析する

時評子が購読する商業紙は東京／中日新聞。『人民の力』誌も表紙写真の拝借、記事評価など好感を寄せているようだ。

たしかに「脱原発」の姿勢が隅々まで行き通り、権力構造の闇にも切れ味のいいメスを入れて、善戦している。近頃、地を払ったかにみえるジャーナリズムの本筋を一応、守っている。それをあげつらってアカ新聞と口撃する輩《やから》もいるようだが。

ところが、どうしたわけだろう。こと中華人民共和国、朝鮮民主主義人民共和国に関わる記事となると、ハスカイ読みのヤユ記事が隅々まで浸透している。国際欄のニュースから論説、コラムにいたるまで。記者一人一人の思考、感性が洗脳されているかのように。病いはときにロシアにも及ぶ。

たとえば中国に関わる記事。「尖閣問題」を歴史的・現実的に検証することもなく「固有の領土」を口移しし、共産党政権の人権侵害、官僚の汚職、腐敗をネタにするのは紋切り型だが、黄砂やPm2・5までが日本を侵犯しているかのように煽る。中国軍来襲の寓意であるかのように。ねらいは国民のなかに反中国感情を醸成することか？

日本のアジア侵略と戦争政策が国民の敵愾心と差別意識を周到に準備してなされた、という歴史がある。そのアジ・プロにマスメディアが見事に加担したという、前例がある。

近頃、時評子が注目しているのは、心理／精神分析によって政治・経済・社会のさまざまな現象を読み解く手法だ。唯物史観の立場からすれば異論もあろうが、心理学者や精神科医などの言説に納得する場合が、しばしばある。オタク学者ではなく、現実に向き合うすぐれた専門家のそれではあるが。

心理／精神分析といっても、時評子は若い頃にフロム、フロイト、ユングをつまみ読みしたにすぎない。なので一知半解の読み解きになる。

たとえば日本列島に蔓延する、反中国心理。領土問題などに見られる好戦的ナショナリズム。その発症源は、どうやら嫉妬《ジェラシー》にあるらしい。大陸への侵略史の土台作りと過程で、日本人の心性には中国(人)に対する蔑視観念がしっかりと根づかされた。ところが近時の中国の経済的/軍事的強国化によって、そのプライドは揺らぎ、不安になった。不安は嫉妬に変質し、憎悪に変容する。その表象が、チマタに散見される「憎悪犯罪」ということになろうか。

一方、アメリカを思考停止的に「同盟国」とする心性はどうか。犯されつづけた歴史のトラウマが延々と日本人を拘束して、憎悪は封殺され、隷従の心性を増殖させているらしい。

いずれの場合も、病原体はコンプレックス=複合意識であるらしい。

匿名性の功と罪

時評子がパソコンの恩恵を受けるのは、原稿を書くこと、必要なメールを送受信することくらいで、検索は稀だ。それでも、ツイッターとか2チャンネルとかに無責任発言/ことばの暴力がハンランしていることは知っている。その元凶は匿名性にあるようだ。

人(日本人)は、顔を隠して/名前を秘して無責任放題、悪口雑言するのが好きらしい。ストレス排泄に励んでいるうちは、まだかわいいが、跋扈する無責任は罪が重い。唐突なモノ言いのようだが、それは天皇制を頂点とする無責任体系と無縁ではないからだ。

原発事故の責任を誰も取らない(取れない)こともそうだが、元を質せば無責任の起原は天皇(制)にたどりつく。昭和天皇の戦争責任のがれだけではない。今の天皇も戸籍なく、参政権なく、非人権の悲哀とひきかえに責任を免除され、すべからく免罪される。それにならって、チマタの無責任も許されるはずだ、と安心して無責任を謳歌する。匿名性がその隠れミノになるのは、せめてもの羞恥のなごりか。

匿名性そのものに罪があるわけではない。ふたたび東京／中日新聞に登場願う。同紙の夕刊文化欄に「大波小波」という匿名コラムがある。空白もあったらしいが、一世紀つづく極上のコラムだ。芸術文化分野の当代名うての人たちが書いている(らしい)。近現代文学史に名を連ねる小説家の誰彼が一目も二目も置いた、という〝伝説〟がある。小粒ながら、この国の芸術文化の歴史と現在を知るのにも役立つ。

時評子は五十年来、そのコラムを愛読し、ミーハー的に思いを馳せた。思いが通じたわけでもなかろうが、著作と全集編纂の仕事など三回ほど取り上げられた。ここは自己宣伝の場ではないので結論を。

匿名性は元来、無責任と品性下劣の隠れ家ではない。無名性の潔さと清潔な言説が持ち味の、着眼と批評が鋭利に発揮される場所なのだ。その好個のサンプルが「大波小波」だろう。

5月1日

司法の叛乱

まずは「一票の格差」について。

「違憲状態」「違憲」そして先の衆院選に対する一部「無効」。立てつづけに司法の判断が出た。これまでに再三、「違憲状態」を指摘してきたのに国会／立法府は歯牙にもかけないふうに怠慢を極めこんできた。司法が業を煮やして、ようやくダッシュをかけた恰好だ。司法が政治権力になめられている、三権分立のメンツをつぶされた、そう考えて裁判所が立ち上がったと考えても的外れではないだろう。

こと政治が事件にからむと、裁判所は政治権力の顔色ばかりをうかがう。時評子が関わった訴訟でも、司法は政治権力のシモベなのかと、うんざりさせられること、しばしばだった。それでルール違反を承知で、原告意見陳述なのに司法／裁判所の責任を追及したこともある。

今回の一連の判決は「一票の格差」問題に限られた、仇花にすぎないかもしれない。たぶん、そんなところだろう。それでもこれを「司法の叛乱」の先駆けとおもいたい。

政権党（公明党はいったん脇に置いて）の内部からは、はやくも一連の判決をないがしろにしようとする言動が顔を出す。選挙制度は裁判所がとやかく言う筋ではない、人口割一律議席数は必ずしも権利の平等を示さない、など。そして登場したのが「1・998」とかいう2未満数字のトリック。

最高裁は決定的なカウンター・パンチを繰り出せるか。

「北」の核をめぐる思考法

このコラムを書いている段階で、核実験／発射をめぐる朝鮮民主主義人民共和国（「北」）の行動を予断することはできない。状況が緊迫しているのは事実としても、六カ国協議での確認事項に立ち返ろうとする米韓の動きからして、戦争の危機は避けられるはずだ。いや、そうでなくてはならない。

ここでマスコミ系「専門家」の予測解説みたいなことをするつもりはない。

最近、共和国の核をめぐって「市民運動圏」あるいは「反排外主義」の立場にいる知人から耳にすることで、ちょっと気になることがある。「北」の核開発／保有には反対だ、そうでなければ原発によって核兵器製造を担保している日本の今を容認してしまうことになる、すでに所有する核大国のそれにはなぜ目をつむるのか——という意見だ。

気になるのは、その意見そのものではない。議論の余地もないまっとうな意見だ。かつて原水爆禁止運動が分裂したとき以来、時評子は「いかなる国の核」にも反対の意思を保ってきた。

反対の意思を全面支持したうえで、そう主張するだけでとどまるわけにいかないのが、日本と朝鮮半島の関係だろう。なぜ「北」の「核状況」という不条理があるのか？　反対の意思と並行して、その背景と原因を考えざるを得ない。朝鮮半島の南北分断状況、ユギオ・朝鮮戦争の体験、平和条約ではなく停戦協定という不正常、極東アジアに対するアメリカの覇権戦略などなど。ポスト冷戦後の朝鮮半島「冷戦」状態を考えざるを得ない。

そして、植民地侵略から戦後、今日にいたる日本の朝鮮半島との関係は、それら不条理を補強してきた。それをタナに上げて「北」の「核脅威」を糾せばいいというわけにはいかない。だからと言って、ある国の核は認めるというダブルスタンダードなどでは、勿論ない。紋切り型の言説になるが、「北」バッシングと類似の思考停止は、「核脅威」と同様、危ない。

「北」の核を糾すことは、ブーメランのようにわたしに戻ってくる。

国民栄誉賞と政治の影

長島／松井がセットで国民栄誉賞を受賞した。

プロ野球選手では王さんと衣笠さんに次ぐ。記録的に言えば、長島・松井よりはるかに大きな実績を残した選手はいる。ノムさん、落合さん、張本（張勲）さんなど。野球以外では、ボクシングで世界タイトルを十三回防衛した具志堅さん、不世出の横綱双葉山、格闘技の英雄力道山を独断的に挙げたい。

国民栄誉賞の選出基準なるものがあってなきがごときであることは、時評子でも知っている。それにしても今般の選考には、安倍政権の下心と政治の影があられもない。七月の参院選を視野に入れて人気取りを謀った、との声が聞かれたのは当然。一時下火になったとはいえ、昨シーズンの日本一でジャイアンツ帝国の人気はぶり返した。だからなのか、大衆的なブーイングは起こらなかった。

今回の長島／松井コンビ受賞は、参院選がらみの票集めなんてレベルを超えて、安倍・ナベツネコンビが仕掛けた、もっと生臭い政治のはかりごとなのではないだろうか。時評子はそう読むが、読者の皆さんはどうだろう。

6月1日

「マイナンバー」って誰のもの?

国民一人一人に背番号を付けて、国家が一元的に管理する（外国人登録制度ではとっくに一元管理が実施されている）。政府いわく「マイナンバー」。

法制度などに関わる政治家のネーミングには低劣なセンスのものが多い。たとえば「後期高齢者」。そのうえ、ことばの詐術で人を騙すのも常套手段だ。「マイナンバー」もその見本だろう。

「私の番号」などといえば、いかにも人々がみずから主体的に求めて取得した権利、かけがえのない自己証明／アイデンティティであるかのように聞こえる。しかし、この場合の主語は「私」ではない。政府／政治権力が主語である。国民は国家によって管理される対象にすぎない、目的語である。なので「マイナンバー」を返上して、以下「国民管理総番号制」とする。

制度については各界各層の人から懸念と批判が聞かれる。「最も枢要な人権の一つであるプライバシー権が危機に瀕する」「世界の流れとは正反対に、本人の意思とは関係なく情報を連携しやすくしているのは、憲法に反する」「IT産業に巨額利権を生むばかりで、国民サービスの効果はアイマイ」など。

政府は社会福祉、税情報などに限定するといっているが、データマッチングが容易になれば、年齢・収入・職歴・病歴・社会保障給付・家族構成などが一つながりに把握されて、個人が丸裸にされるのは目に見えている。

プライバシーと人権が問題の核心にあることはたしかだが、じつは時評子の読みはさらなる危機にたどりつく。

ひとことで言おう。徴兵制のための地ならし。

安倍政権の改憲策動については、いずれ書かなくてはならないが、「国民管理総番号制」との関係で簡略に。

自民党の改憲草案のなかで第十三条が問題視されている。現行条文では「個人の尊重」と「国民の権利」が制限される条件として「公共の福祉に反しない限り」「最大の尊重を必要とする」となっている。これを改憲草案は「公益及び公の秩序に反しない限り」「最大限に尊重されなければならない」とされている。「公共の福祉」を「公益及び公の秩序」と改変する狙いはなにか。多くの人が指摘するように、国家／政府が解釈を恣意のままに拡大、変造したいからだろう。「公益及び公の秩序」は「国益及び国家の秩序」と読み替えることが、気色悪いほど可能だ。さらに読み込むと「天皇元首化及び国体護持」に行き着く。「治安維持法」の再来だ。集会・結社・言論・示威運動の自由が危ない。〝やさしい脱原発デモ〟さえ計画しただけでパクられるかも。

いまの自衛官たちには「平和憲法」「専守防衛」「国民奉仕」などの理念を信じている人が少なくないだろう。生活のために入隊した人も時評子は知っている。改憲によってその人たちが離隊し、あらたに〝志願〟する人が現在以上に減る。とすれば、自民党改憲の行き着く先が手に取るように判る。

一八七一年に日本ではじめての統一戸籍が作られたのは、帝国国家の富国強兵をめざして徴兵制を布くためだった。「国民管理総番号制」は、徴兵制を見すえた現代版「壬申戸籍」かも。

芥川賞・直木賞の商品現象

いくらか旧聞になるが、先の芥川賞・直木賞が例によって〝社会ネタ〟になった。一九三七年生まれの作家の横書き小説が芥川賞受賞、一九八九年生まれの若者が直木賞受賞。

元来、芥川賞は若い作家の文壇登竜門（六十歳代で受賞という仇咲きもあったが）、直木賞は中年作家のエンターテインメント小説、と棲み分けされていた。そのために、本人は「純文学」のつもりなのに年齢のせいで直木賞候補にノミネートされることがあった。いまは「純文学」と「非純文学」の境界は実質上、解体されている。

先の受賞者は「年代システム」が見事に逆転した。前代未聞の横書き小説が賞の歴史に登場したこととふくめて、逆転現象は愉快なことにちがいない。文学であろうが、演劇であろうが、「システム」を脱臼させるのが、すべからく表現行為の本性なのだから。

ところが、そのあたりまえな出来事が、話題のネタになって商品化し、社会現象になる。無論、それは書き手には与り知らぬことだ。問題はふたつの賞の性格の変質にあるようだ。

かつては同人雑誌に発表された小説が候補になって受賞することさえあった。ここ数十年は大手出版社の文芸雑誌に載る作品、大手出版社刊行の単行本が、ほぼ支配している。大手出版社による販売商法の一環、という声があるのは、そのせいだろう。

無論、受賞作は書き手が自分とたたかい、編集者と丁々発止して熟成させた作品であるにちがいない。時評子は噂にのぼった程度で、賞とは無縁の小説書きなので、この一文は、れっきとした僻目《ひがめ》の類である。

7月1日

橋下徹の「恥の上塗り法」

世間を席巻するかのような大事なのに、ペンが恥ずかしがって書く気になれない。なによりことばがもったいない。それでも「時評」の役割として無視するわけにはいかない。

橋下大阪市長の旧日本軍性奴隷をめぐる一連の発言のこと。五月十三日の記者会見が発端だった。周知のことだが、簡単にピックアップする。

「銃弾が飛び交う中、精神的に高ぶっている猛者集団に休息を与えようとすると、慰安婦制度が必要なのは誰だって分かる」「なぜ日本の従軍慰安婦制度だけが取り上げられるのか」「軍を維持し、規律を保つために、当時は世界各国が持っていた」「国を挙げて暴行、脅迫、拉致した証拠が出てくれば反省しなければいけないが、その事実は裏付けられていない」「風俗業は必要だと思う。だから沖縄に行った時（米軍の）司令官に、もっと風俗業を活用してほしい、と言った。そうしないと海兵隊の猛者の性的エネルギーをコントロールできない、とも伝えた」など。

橋下市長の突出した認識ではない。旧日本軍による性奴隷問題に対する「正当化論」「責任回避論」の典型的なコピーなのだ。（保守）政治家、右翼言論、それらに影響されてチマタに氾濫する排外的思考――それらが三位一体となった言説の典型。安倍首相および政権派の誰彼のこれまでの言動をみれば同じ穴のムジナなのは明らか。

橋下徹という人物はデタラメを言ったり行なったりはするが、デタラメなりに気骨はあると思っていた。だが、そうでもないようだ。アメリカの世論を察知するや、たちまち謝罪してみせた。もしかすると「強い者」にへつらう要領も心得た、幼稚な軽薄男かも。彼のへつらいは、朝鮮半島はじめアジアに対するゴーマンと裏表。

二面相は、論点をすり替えて弁明にこれ努める。その図が彼をいっそう見苦しくコッケイにする。マスコミに対する「誤報」の連呼もその一つ。「始末」（ゴミ類なら「処分」）に困るのは、無知と時代錯誤のままに開き直っていること。たとえば――

旧日本軍「性奴隷」（彼は国際社会によるその定義を嫌って従軍「慰安婦」に固執する）について「当時（戦時）」は必要だった、と言う。「当時」の正当化は、九条壊憲論者らしく戦争を反省していない政治信条とつながっている。（戦時には）どの国も持っていた、なぜ日本だけが責められるのか、と言う。小学生がコンビニで万引きをして叱られたら、「ぼくだけじゃない、クラスのみんなもしてる」と言い逃れようとするのに似ている。いや、この喩えは小学生に失礼だ。日本軍による「制度」は侵略の事実と無縁ではなく他国軍のそれと比較できない過酷さだった。いや、問題は過酷の度合いではない。他国をダシに使うまえに日本／人が率先して反省し謝罪し補償する事柄だ。

（強制的に連行した）事実は証明されていない、と言う。安倍首相の「強制の定義は定まっていない」をタテにしたいのだろうが、そのまえに当事者の証言を読むなり聞くなりすれば、事は明白になる。「強制」論議へのすり替えがいかにずるい詐術であるかがわかる。「慰安婦」の徴用、「制度」の運営は業者がしたこと、と言う。国の事業を行なうのに国の機関が実行することはない。たとえば、ダム建設は国がゼネコンに発注して、業者が工事する。

日本軍（政府機関）は無条件降伏すると直ちに、後難（国連軍の追及）をおそれて侵略戦争にまつわる文書・資料を焼き捨てた。その証言に事は欠かない。もし今に至って「性奴隷」の実態を明示する文書・資料が見つかるとしたら、奇跡に近いのではないか。

それにしても、橋下徹・日本維新の会代表は、大阪市役所での記者会見で市長／市政の域を踏み外してまで、なぜ「慰安婦」をめぐる持論をぶち上げたのだろう？ 直近の自治体首長・議会選挙で一派が軒並み敗北したことに危機感をつのらせて、失地回復の花火を打ち上げた、というのが大方の見方。彼一流のスタンドプレイで。それもあるだろう。しかし、時評子のうらよみによれば、石原慎太郎などを総帥とする歴史改ざん主義者、アジア蔑視主義者の「同士」たちにイイカッコをしたかったのではないか。ザイトクカイなどにせっつかれたかも。

しかし、ねらいは外れた。当てにした、「大衆」の心理に巣食う俗情は彼の思想になびかなかった。女性蔑視と人権無視のアナクロニズムには、強烈なパンチが見舞われた。それは当然だ。性差別の問題に隠れて歴史認識の問題がウヤムヤにされてはならないが。

最後にふたつのことばを記す。

〈罪の有無、老幼いずれを問わず、われわれ全員が過去を引き受けなければなりません。全員が過去からの帰結に関わりあっており、過去に対する責任を負わされているのです〉

〈（ナチスによる歴史上の犯罪は）時効なき羞恥である〉

8月1日

命とカネの争い

参院選投票日まであと五日。インターネット選挙というたい文句のわりに冷めている。理由の一つが、自民党政権、マスコミこぞっての争点歪曲。

時評子が購読するC／T紙のアンケート「何を投票の基準にするか」によれば、「景気回復」を柱にした「経済問題」がダントツの40％近く、それにつづく「憲法」「原発」は10％前後と離されている。「憲法」「原発」を挙げる有権者の大半が九条をはじめとする護憲、脱原発であるのが救いだが、「経済問題」というのが怪しげ。架空のアベノミクスに踊らされているようだ。株価の刹那的な高騰、ハローワークでの非正規・アルバイトなど首切り自在雇用の少々の求人倍率上昇。それが巷の生活者には腹の足しにならず、しっぺ返しのほうがこわい。「三本の矢」とか「アベノミクス」とか空疎なことばで装われた、擬似バブルと紙一重の現象に一票を託すとしたら、危うい。

時評子自身の「投票の基準」三点を書く。

「愛憲」（現行憲法をもっと美しく着こなす）、「原発ゼロ」（安全基準の虚妄を元から断つ）、「人間の受苦に境界はない」（沖縄の人びとの〈怒〉にいかに想像力を持ち、行動するか）。

「愛憲」を語るには自民党の「改憲草案」の逐一を批判することになる。

「原発ゼロ」を語るには、人（の暮らし）と核エネルギー／核兵器との絶対的な不相性から解かなくてはならない。

「境界なき人間の受苦」について語るには、自己とは別の人にとっては他者である――という他者意識にはじまる人間的想像力を考えなければならない。

いずれも「考察」を必要とする。「マイノリティ研究」の授業でやってることなのだが、「時評」の文章にするには一回分の全面が必要かも。

どのみちこの文章が載るときには参院選の結果が出ている。だから予測するのもむなしい。有権者が争点隠しのキャンペーンの裏をかき、自民党圧勝の下馬評を見事に裏切る。そんな結果が夢想でないことを願う。


幽霊の正体見たり……


七月なかばというのに、三十五度をこえる猛暑日が連日、続いている。そこで涼を呼ぶ話題を。意に反して、いっそう暑苦しくなるかも。読者の皆さんは先刻承知の、首相公邸に幽霊が長年、出没しているという噂。

幽霊の正体見たり枯尾花
かどうか？　時評子の推理である。

ある日刊紙の記事による噂とは。

「佐藤栄作首相のころから永田町を取材しているが、そのころからすでに噂はあった」（政治評論家）、羽田孜元首相の妻・綏子さんがお祓いをしてもらうと「庭に軍服を着た人がたくさんいる」と言われた。それで近くの宮司に公邸を清めてもらい、あちこちに盛り塩をしてもらったという。森喜朗元首相の場合は退任直前の深夜、ガチャガチャとドアノブの音がして目が覚めた。「誰だ」と怒鳴ると、音は消えて足音が廊下を走り去った。それで森さんはのちの小泉純一郎首相に「幽霊が出るぞ」と忠告したらしい。小泉さんは幽霊に会えなくて残念がったとのこと。もう一人幽霊に会えなかったのが、村山富市元首相。就任当初、噂について問われた村山さんは「大丈夫。幽霊は人によって出るから」と応えた。

公邸幽霊出没説の因は、その血塗られた歴史にあるらしい。一九三二年の5・15事件では武装した青年将校らによって警察官一人が殺害され、犬養毅首相が暗殺された。三六年の陸軍青年将校らによる2・26クーデター事件では、岡田啓介首相はお手伝いさんの部屋に隠れて難を逃れたが、首相の義弟が間違えられて射殺され、警備の警察官四人も殺害された。そのあたりが幽霊の元祖のようだ。

「権力の中枢にある政治家には誰かの恨みを買っている自覚がある。無意識な不安や怖れが幽霊の噂を生みやすい」「政界は〝伏魔殿〟どんなお化けが出てもおかしくない」（社会心理学者）。心理／精神分析の初歩的認識だろう。

幽霊を意識下のバーチャル現象とあなどってはいけない。第二次大戦後だけを見ても、アメリカの累代大統領は世界で数え切れないほどの無辜の命を奪いつづけている。彼らの無意識は日々、幽霊を増殖させている。戦争だけではない。日本の累代政治権力も失政と生活軽視によってしばしば大衆のいのちをうばい（自殺という奪われた命）、怨嗟の的になっている。幽霊は「架空」であって「実在」なのだ。

先の経験に懲りてか、安倍晋三首相は今回、首相公邸に引っ越さない。その気持、よくわかる。権力者の係累に一直線で連なり、好戦を旨としている人だから。前回、腹痛という身体現象を発症したのも、早々とリタイアしたのも、原因は幽霊だったのかも。

9月1日

戦争とナチズムがお好き?

予想されたこととはいえ、参議院選挙はあられもない結果に終わった。「景気回復」「三本の矢」「アベノミクス」「ねじれ解消」(「ねじれ」は多数決の暴力という「民主主義」の宿痾をまぬがれる)など と、安倍政権の「獲らぬ狸の皮算用」に有権者は幻惑された、とは思いたくないが、国民は詐術に嵌ってみずから爆弾を背負った。

政権はいよいよ隠した爪を立ててるにちがいない。まず手はじめが集団的自衛権をめぐる「解釈壊憲」。これは安倍政権の〝宿願〟みたいなものだが、具体的な手を打ち始めた。集団的自衛権容認/決行派として知られる人物を、副局長からの抜擢という前例に反してまで内閣法制局長に据えた。局長一任で強行突破できるわけではないが、安倍首相の狙いは見え透いている。

すでに航空自衛隊のF15戦闘機が米軍のB52戦略爆撃機の爆撃援護訓練に参加している。「敵地」を爆撃する訓練だから、どうみても「専守防衛」から逸脱した隷米共同演習だ。名付けて「レッド・フラッグ・アラスカ（RFA）」。今年も八月九日から二十四日までアラスカ州で展開された。

麻生外相が「ワイマール憲法は……誰も気が付かない間に変わった。（ナチスの）あの手口を学んだらどうか」と発言。例によって「失言」と「撤回」のいたちごっこで一件落着がもくろまれたが、発言が麻生太郎に限らず安倍晋三とその仲間たちのホンネであることは誰もが知っている。

麻生発言を思いっきり下司の勘ぐりすれば、総理の後塵を拝する副総理では腹の虫が納まらないので安倍の足を引っ張った、なんてこともありか？

ともあれ選挙結果は安倍政権の暴走にお墨付きを与えてしまった。責任を取るのは誰なのか。

快挙か犯罪か

元CIA職員のエドワード・スノーデン氏の居場所がロシアに落ち着いて、まずはひと安心。とは言っても当面、一年の滞在許可。期限が来れば、一年ごとに在留延長を申請できる。ロシア政府が示す条件に違反しなければ、申請は認められるだろう。そして五年以上在留すれば、ロシア国籍の取得が可能となる。

ロシア入国が最善だったかどうか、判断しかねる。アメリカ合衆国に堂々と抵抗する国々（中国、イラン、北朝鮮はとりあえず除く）のどこかに入国して、さらに告発を続けてくれることを期待する気持もある。

アメリカ政府の情報監視体制は、国内の個人情報収集のみでなく、EUなど「友好国」に対しても行なわれていることが明かされた。当然、アメリカ政府に対するブーイングが巻き起こると思いきや、意外と静か。「世界の憲兵」に向かっては口が凍る、ということか。

情報監視／収集は、日本に対しても。これに対する日本政府の対応は、菅官房長官の「抗議」ではなく「確認」を求める一片のコメントで幕引き。隷米型同盟の面目躍如、といったところ。

この一件での米国務長官の談話がふるっていた、「情報監視／収集はどこの国でもやっていること」。あれっ？　どこかで聞いたセリフ。そう。橋下日本維新の会代表の「従軍慰安婦」をめぐるそれだった。橋下徹がアメリカにだけは早々に謝罪した訳が分かった。

古い話で恐縮だが、アメリカ軍の旧立川基地拡張計画をめぐる「砂川事件」。東京地裁で米軍駐留を違憲とする歴史的な「伊達判決」が出た。その判決を破棄した最高裁の長官が、十五人の判事による非公開の評議内容を当時のマッカーサー駐日大使に示していたことが最近、判明した。半世紀以上も経て真相が明かされる悔しさ。安倍政権が「特定秘密保全法」の国会上程をもくろんでいる今、スノーデン氏の行為は正当か、不当か。答えは明らかだろう。

「飛ぶ球」隠ぺい事件

今シーズンのプロ野球。ホームランの量産が目につく。「あの打球が入るとは思わなかった」という選手自身のコメント、解説者の感想をよく耳にする。

昨年の「飛ばない」統一球のせいで力の限界と錯覚したベテランのバッターが引退を決意した。高く放物線を描いてスタンドインする、独特の打球が魅力的なホームラン王経験者だった。一方、今年の「飛ぶ」統一球では、キャンプの時から対策が必要だった投手は、苦戦を強いられている。

時評子は、絶妙の配球とキレのあるボールを駆使して投げ合う投手戦を好むが、ホームランの飛び交う打撃戦を愉しむ人もいる。いずれにしても統一球という同じ条件なのだから、「飛ぶ」「飛ばない」はアンフェアではない。

問題はJBCの隠ぺい体質（使用球一個一個に代表の名前が入っているのに、彼自身が変更を知らなかったと言い張るのには、笑った）。いずこも（権力者は）隠し事がお好きなようだ。

10月1日

みにくい歓喜

笑顔がいつも美しいとは限らない。歓呼の声が危険信号であることも少なくない。日清戦争、日露戦争、〝南京陥落〟、〝不敗の皇軍〟……。戦争と併走してきた日本の近代史。そこでどれほどの人たちが、日の丸を振り歓呼を叫ばされてきたことか。待ち受けていたのは破滅の日だった。〝歓喜〟が危険の警鐘であると知った8・15だった。

二〇二〇年夏季オリンピックが東京に決まった瞬間の一枚の写真。安倍首相、猪瀬都知事らが雀躍して笑顔をはじけさせている。それを見て時評子は、前記のことを思い返してしまった。

決定の瞬間、彼らのアタマからは、東北大災害のことも核爆発事故のことも、死者のことも行方不明者のことも、十五万人の原発難民のことも復興のことも、さっぱり吹っ飛んでいただろう。いや、招致活動の始まりから「心そこにあらず」だったにちがいない。「トウキョウはフクシマから離れている」（JOC委員長）、「（原因さえ解明できないまま汚染水を垂れ流し中の福島第一原発は）コントロールされている」（首相）などの妄言がその証拠。

他者（被害者）の痛みに心添わせる感受性の欠如、エゴに呪縛された想像力の枯渇。人が人として在るために欠かせないエチカ／倫理の不在。

この国が滅ぶとしたら「外敵」によってではない。たぶんそれらの欠如と枯渇と不在による自壊だろう。

安倍首相とその一派がオリンピック誘致に血眼になったのは、なぜか。人気取りなどはかわいいものだ。景気回復の一手というのも早晩、化けの皮がはがれる。狙いは、人びとを浮かれさせておいて、その隙に乗じて〝念願〟を果たす、目くらましにちがいない。

安倍一派の念願！　当面は集団的自衛権の行使、自衛隊へのオスプレイ配備、「新防衛大綱」の実現……。下ごしらえが済めば、「壊憲」へ一目散。オリンピック騒ぎは恰好のブラインドとほくそ笑んでいるはず。

オリンピックは「平和の祭典」か？　どうやら眉唾。オリンピックが戦争代理ゲームに堕して久しい。ナチスのベルリンオリンピック、冷戦時代の米ソ対決などはその見本だったが、どうやら二十一世紀の今も変わらない。誘致「合戦」からして戦《いくさ》の感覚になっている。そうでなければ、誘致決定の新聞・テレビになぜ「日本圧勝」「日本、勝つ」の文字が躍るのか。遠慮気味に言っても、オリンピックが国威高揚に利用されているのは間違いない。

敬愛する作家辺見庸が言っている、「今は戦時だ」と。

すでにこの国ではオリンピックに異を唱えることさえ非国民扱いする風潮が蔓延し始めている。インターネットでは、二〇二〇年東京オリンピックにはしゃぐ光景に「どこか、よその国の出来事みたい」と語る被災者に「いつまでも甘えるな」、「喜ばないやつは、オリンピックを見るな」といった、幼稚で低劣な悪罵が書き込まれている。社会の下層で生かされて、本来なら政治権力に対する批判者であるはずの人びとが、すすんで排他的なナショナリストになる。それほど無残な姿はない。

アスリートたちには責めはない。


靖国って、誰のもの?

今年の夏は稀にみる酷暑だった。

読者の皆さんは無事乗りこえられたでしょうか。

酷暑の不快指数をいっそう募らせたのが、例によって靖国参拝問題。

「今日のわが国の繁栄(?)を考えるとき、国の為に(?)命を捧げられた英霊に(感謝の)祈りを捧げるのはあたりまえ」。参拝した首相(代理)、閣僚、政治家たちの決まり文句。

靖国神社とはなにか? 高橋哲哉をはじめ多くの人の著作がその来歴と本質を明らかにしている。それらを読むまでもなく、一度足を運んで「遊就館」を一瞥すれば、その正体は明白だろう。そこは戦争賛美と無反省の見本市なのだ。参道を徘徊する軍服姿のおじさんがそれに花を添えている。A級戦犯合祀などは付録みたいなものだ。

ところが、マスメディアの〝批判的〟言説は中国、台湾、韓国（なぜか北朝鮮は省略）など「隣国への配慮」がせいぜい。あれも「ヤスクニの本質」を隠ぺいするための手法かも。

マスメディアに触れたついでに、ことばのダブルスタンダードについて。

尖閣諸島の周辺で見られる中国機／戦艦の動き、北朝鮮のロケット発射実験には「戦争挑発」「軍事的脅威」の文字が躍るのに、アメリカが画策するシリアへの爆撃には「軍事」のことばを削除して「シリア介入」と名付ける。たかが言葉、されど言葉。名付け差別もまた、目くらましの一変種か。断っておくが、マスメディアに対する恨みはない（時評子はときに世話になっている）。騙され癖という病いを治癒したいだけだ。

11月1日

〝秘密を守って戦争しよう〟

戦前・戦中、日本には「軍機保護法」という法律があった。

同法は日清戦争の四年後に制定。日中戦争開戦の年に全面改訂されて、軍事施設の測量、撮影、模写などが禁止された。それだけではない。陸・海軍大臣が「秘密」と定めた事項すべてが対象とされて、最高刑は死刑。軍事を〝聖域〟として国民（臣民）の知る権利／言論を統制するサンプルみたいな法律だった。

それで、どういうことが起こったか。「宮沢・レーン事件」が知られている。

「真珠湾攻撃」の一九四一年十二月、北海道帝国大学（現北海道大）の学生宮沢弘幸さん（故人）は、千島列島に旅した帰途、列車内で乗客が根室の海軍飛行場について話すのを聞いた。そのことを帰宅後、英語教師のレーン夫妻に話した。同飛行場の存在は広く知られていて「秘密」などではなかった。

宮沢青年は「軍機保護法」違反容疑で逮捕されて、拷問のすえ懲役十五年の実刑となる。敗戦によって釈放されるが、一年四ヵ月後に病死した。獄中で患った栄養失調と結核が死因だった。

「軍機保護法」が一青年の命を奪った。

なんで軍国主義時代の法律を持ち出したかといえば、酷似した法律が二〇一三年の今、臨時国会に提出されようとしているからだ（本文が載る頃には提出されているかも）。

そう、「特定秘密保護法」だ。

同法の危うさについては、弁護士会、ジャーナリズム、良心的な言論人／識者によって種々、指摘されている。念のためにおさらいしておこう。

①漏洩すると国の安全保障に支障を与える情報を特定秘密に指定

②防衛、外交、外国の利益を図るのが目的の安全脅威活動、テロ活動

③特定秘密を扱う公務員や民間契約業者らが漏らすと、最高十年の懲役刑

④人を欺くこと、脅迫、窃取、不正アクセスなどによる特定秘密の取得にも最高十年の懲役刑
⑤未遂、共謀、教唆、扇動も処罰

同法の問題はおよそ次の点だろう。

行政機関の長（大臣）が「特定秘密」を指定できることになっていて、限りなく恣意的な判断が為される危険(①)。

テロ防止や利敵行為に名を借りた、国民に対する人権侵害(②)。

情報公開の封殺。取材・報道の自由の侵害（それを避けるための明文が謳われたとしても空文化の危険が大きい)。国政調査権もが制約されて、国会での追及が困難になる。重罰制度（現行公務員法の漏洩罪は懲役一年以下)。国会議員でも最高懲役刑五年(③④)。

「治安維持法」並みの違反規定(⑤)。

「軍機保護法」「治安維持法」などと比定するのは誇大妄想では？　と言う人がいるかも知れないが、さに非ず。

「秘密保護法とかスパイ行為とか、私には関係ないよ」と腕をこまねいていると、大変なことになる。なにしろ、安倍政権がめざす戦争する国家づくりの、これは外堀の目玉だから。

ヘイトスピーチの生態分析――その①

「在日特権を許さない市民の会」(在特会)の憎悪犯罪が断罪された。

二〇〇九年から一〇年にかけて数回、ザイトク会が京都朝鮮第一初級学校を襲撃、「朝鮮学校を日本

からたたき出せ」「スパイの子ども」など憎悪／脅迫表現を繰り返して、子どもたちの心を傷つけた。いまも恐怖の記憶をかかえた子どもが少なくない。

京都地方裁判所は「人種差別撤廃条約が禁止する差別に当たる」と認定して、学校周辺での街頭宣伝禁止と千二百万円の賠償を命じた。

ザイトク会のヘイトスピーチ・デモについては現場目撃、映像、報道などでよくご存知だろう。時評子もささやかな行動ながら「従軍慰安婦問題」など、同グループが妨害の標的にする街宣には参加することにしている。

そこでの〝観察〟によれば、日本社会で「しあわせ」を享受している人びとには思えない。むしろ、格差社会の犠牲者にも見える。なのに、なぜあんな行動に群がるのか？　なぜ「朝鮮人も韓国人も、みな殺せ」などと叫ぶのか？　てっとり早い解釈は、不幸感や劣等感を（自分より弱いと錯覚する）他者に向けて排泄して、憂さ晴らしする。そこに行けば歓迎されて、疎外感から解かれると錯覚する。自分が強い人間になったと錯覚する。「鶴橋大虐殺」（南京大虐殺へのパロディ？）と叫んで、愛国的民族主義思想を錯覚する。

辛淑玉、上野千鶴子、河野義行さんらが「のりこえネット　ヘイトスピーチとレイシズムを乗り越える国際ネットワーク」を立ち上げた。今回の京都地裁判決が司法によって差別を禁じる第一歩になるかもしれない。

日本には人種差別禁止法がない。それが差別を野放しにする原因との意見は頷ける。しかし、法制度を整えても、差別意識を根っこから断たないと、差別は深く潜行して蔓延する。

12月1日

山本太郎の行ないについて

『夜を賭けて』『釣りバカ日誌』で見たことはある。朴訥な青年が役どころといったキャラが印象に残っている。

その山本太郎が、「脱原発」を掲げて参院議員になった。〝一匹狼〟ゆえに原発ムラ議員から標的にされるのでは、との心配はあったが、「去年今年貫く棒のごとき」行動には拍手を送った。

秋の園遊会で明仁天皇に手紙を渡したという。原発難民の苦難を訴える内容と報じられている。明仁天皇は手紙を受け取り、（シマッタ、と思ったかどうかは不明だが）すぐに侍従長に渡したらしい。賛否の声が上がった。

非難の中心は「憲法が禁じる天皇の政治利用だ」。これには保守系議員だけでなく、共産党、メディアなども組している。「天皇の政治利用禁止」という論拠は口当たりがよい。ところが、先頭に立って天皇を利用しているのは自民党政権である。「主権回復の日」に天皇・皇后を招いてバンザイを叫んだり、五輪招致活動をめぐってＩＯＣ評価委員に皇太子を表敬させたり――の画策を見るだけでも一目瞭然。

一方、「原発被災者の窮状に心痛めて、切実な気持からしたのだろう」と、理解を示す声がある。受難を強いられている被災地の人に多いようだ。稀代の政治家田中正造の「直訴」に比定する声もあるが、時評子はそれには頷かない。次元が違うだろう。

では、純粋護憲派の時評子は？　壊憲を叫び、天皇の国家元首化を策する連中が憲法をタテに護憲面《づら》するのが片腹痛い。かといって山本議員の行ないに同情するつもりもない。

山本議員が天皇に渡した手紙の内容がそもそも「政治利用」に当たるのか？　行為そのものが「政治利用」に当たるのか？　そこから考えたい。

行為者が国会議員だから「政治利用」というなら、すでに憲法の骨抜きを画策している政治勢力は、何だろう？

そもそも一通の手紙さえ受け取ることのできない「象徴天皇」とは何だろう。明仁天皇の人権のために、みんなで考えたいものだ。

行為者が国会議員だからダメというのなら、無印の「国民大衆」が出した手紙なら天皇は読んでくれるだろうか。みんなで「原発ゼロのためにご尽力を」の手紙を天皇に送ろう。

山本太郎の行ないは、「天皇制」をあらためて考えるヒントになった。

「暴力」寸観

「暴力はいけません」というのが、世間のジョーシキのようだ。なのに、「何が暴力か？」があまり問われない。

身体や物を損壊する行為が、一般的／法的に暴力とされる。わが身を守るために止むなく行使する場合、それは「正当防衛」として情状酌量されるけれど、暴力の範疇に入るらしい。

では、武力をともなうレジスタンスの場合はどうか？　植民地支配や反ナチスの抵抗運動、そして民衆の一揆。秀吉の刀狩り以来、日本の民衆は武器を持つことかなわず、ムシロ旗を立てて暮らしと労働の用具を武器に抵抗した。そのことが近現代の「日本革命」にどう影響したか。

話が遠まわりした。問題は「言葉の暴力」だ。差別と憎悪にまみれた言葉が、人を傷つけ、トラウマとなり、自死に追いやる。加害者には面白半分のナニゲナイ言葉が、若い命を奪う。

歴史上の尊敬する人物を三人挙げろ、と訊かれれば、時評子は親鸞、マハトマ・ガンジー、マーチン・ルーサー・キングを挙げる。そういうわたしだが、レジスタンスとしての「暴力」には否定と肯定のはざまに立っている。（ヘイト・スピーチの生態分析――その②）

日本シリーズ寸感

東北楽天イーグルスが創立九年目にして日本シリーズを制した。時評子は心のなかで快哉を叫んだ。少年時代からファンの広島カープがイーグルスと日本一を争えば最高だったが、ジャイアンツを倒したのがこの上ない。

イーグルスの魅力は、岡島、藤田、銀次といった二流どころの選手（失礼）が活躍する、溌剌としたチームカラー。まだ二十七歳なのにクレバーなインサイドワークがあざやかな司令塔・嶋捕手。かつて江川が「怪物」と呼ばれたが、田中まー君こそ本物の「怪物」だろう。新人・則本投手のキップのよさも爽快。高校までボクシングジム通いと野球部の部活を両立させた時評子は、久方ぶりに野球の面白さを満喫した。

イーグルスのすべての選手に、おめでとう。メチャメチャ盛り上がった東北の皆さん、おめでとう。

ただ、気がかりもある。この快挙を政治権力が利用しないか。復興、核汚染水処理、仮設暮らしの現実。なのに、いっときの〝至福感〟に便乗して、現実を隠ぺいし、対策をさらにサボりつづけはしないか。

なにしろ隠ぺい、便乗、騙しのテクニックは支配権力の属性だから。

2014年

「籠から抜け落ちる」
（嘘は必ずばれる）

2014年1月1日

『人民の力』千号の快挙

毎年、愉しみにしていることがある。人民の力・東海の「新春の集い」だ。東海地方で活動する「市民運動」の人びとが、文字通り「集う」。解雇撤回や国際連帯に取り組む労働運動、沖縄の軍事植民地やオスプレイに抗議する反戦運動、脱原発運動、日朝／日韓／在日とつながる協働関係づくり、ダム建設反対や環境問題、有機農法による米作り、野宿労働者の生活・人権問題。活動する人びとのオンパレードである（女性の参加者も多いわりにジェンダーに関わる活動は手薄だが）。

人力の皆さんの腕によりをかけての手料理、参加者の差し入れなど、ふんだんな酒肴。それを味わいながら多彩な活動の話を聞く。三線と沖縄のうた、シンガーソングライターの抵抗歌、フラダンスや舞踊までも飛び出す。

多彩なのは、活動だけではない。活動する人たちのキャラクターもまた多彩。人がいて、活動がある。活動があって、人がいる。個人と運動が分けがたくつながっている。そういう自立／主体の在りかが伝わって、時評子を励ます。広範な、粘り強い活動に接すると、『人民の力』誌が千号まで持続したわけが、よくわかる。

罪つくり場外劇

新春号なので肩のこらない話を書きたいのだが、そうもいかない。特定秘密保護法をめぐる自民党政権の暴挙。「はらわたが煮えくり返る」とは、このこと。皆さんも同じ思いだろう。

特定秘密保護法の危険性については、昨年の十一月一日号の本コラム（本書101頁）にその一端を書いた。ここでは繰り返しを避けて、〝もう一つ〟の罪つくりについて書く。

「修正協議」という場外劇。猿芝居と言っては猿に失礼、田舎芝居と言ってはドサまわりの一座に失礼だろう。茶番劇というには罪が深すぎる。

公明党は、秘密の指定基準を作成する有識者会議の設置を求め、報道、取材の自由に配慮する規定を設けた。しかし、「戦争をする国づくり」を本旨とする法律にとって、そんなものは紙に書いた作文に堕するだろう。

みんなの党は、秘密指定が広がらないように立法府の監視機能を担保する方策を加えた。日本維新の会は、第三者機関がチェックする付則を盛り込んだ。しかし、国政調査権までが罰則によって抑圧されるのに「立法府の監視機能」など働くわけがない。「第三者機関のチェック」など、「総理の検閲」に横領されそうな形勢だ。

その総理安倍は、わずか四十五時間五十四分の審議で「議論は尽くされた」と言って強行採決した。ちなみに衆院での審議時間の前例を見ると、一九九三～九四年の政治改革関連法では百二十一時間三十八分、二〇〇五年の郵政民営化関連法では百二十時間三十二分だそうだ。

「修正協議合意」とは何だったか？

国会機能さえ陵辱し、人びとの声を抹殺する場外劇。公明も、みんなも、維新も、なりふり構わず自民に阿《おもね》って、権力亡者の正体もあらわに、罪つくりペテン劇に加担した。

かれらには非戦の思想などなく、臨戦態勢こそ国を守ると錯覚して、秘密保護それ自体に賛成なのだろう。この危険な法律の正体が、アメリカからの圧力であることも、中国に対する軍事戦略の片棒であることも隠蔽して。

どのように繕っても、この法律は目と耳と口をふさぐ、人民支配の道具以外ではない。国と社会のかたち、人の生活をおそろしく変えてしまう。

学力って、なんだ?

中学生の頃、O君という同級生がいた。彼の家は極貧家庭で、学校に来ることは数えるほどだった。だから、「学力」なるものはゼロに近かった。一方、身体能力抜群で、時評子は学年のヨコヅナ格だったが、彼が不意に仕掛ける投げ技は怖く、勝てなかった。そのO君が全校マラソン大会の日には、必ず姿を見せた。彼は韋駄天の末裔だった。一年生のときすでに三年生を尻目に全校トップでゴール・テープを切った。

余談になるが、のちに連続射殺魔と呼ばれて日本列島を疾走したNの事件が起きたとき、時評子はNをモチーフに小説「流民伝」を書いて、雑誌に発表した。小説集『夢のゆくえ』(影書房)に収録されている。その小説を書くとき、O君の姿がアタマをよぎった。

O君が学校に来ないのは、逃げ足を活かして父親と一緒にドロボーの仕事をしてるからだ——そんな噂が流れた。真偽のほどは知らないが、O君が〝卒業〟後、鳶の組に入ってトビ職人になったことを、時評子は知っている。彼はのちに親方になって組を持った。

O君の人生と高級官僚の人生とどちらを尊重するか？　そう問われれば、時評子はO君の人生に手を挙げる。文科省が全国学力テストの成績公開を解禁する——という報道を見て、久しぶりにO君を思い出した。

差別の本質である人のランク付け、新自由主義の教育版、くそ喰らえ、だ。

2月1日

「秘密法」が狙っているのは「国民」だけではない

読者のみなさん、二〇一四年をつつがなく迎えられたでしょうか。現今の安倍政権の動きを考えると、素直に「おめでとう」を言えないのが歯がゆい。

衆参両院で「秘密法」が強行採決された。その内容をみると「特定」とか「保護」とかのコトバがマヤカシに聞こえるので、「秘密法」と呼ぶ。

「秘密法」施行期限の十二月六日まで、しつこく廃案の声を上げつづける。安倍政権は、世論懐柔のために小手先の〝修正〟くらいはするだろうが、時評子の立ち位置はあくまで廃案。

今回は、「秘密法」の人民監視と弾圧の側面について。

同法では指定された業務に携わる公務員および民間企業社員に「適正評価」なるものを行なう。適用される対象者は約十万人とされている（巻き込まれる一般人はその数倍か）。「適正調査」の対象者は本人だけでなく、同居の親族・非血縁者、兄弟姉妹まで含まれる。調査事項は犯罪歴や懲戒歴、薬物乱用の有無や精神疾患、経済的信用状況や飲酒の節度、配偶者が外国籍か否かまで。仕事帰りに愉しむ居酒屋や恋人の素性までが聞き込みの対象にされるかも。

調査の結果「不適正」と認定された場合、公務員は出世に差し障るとはいえ他の業務に配転されて済むかもしれないが、民間企業の社員はどうなるか。退職を余儀なくされ、再就職もままならないといった事態に追い込まれて、社会的不利益は計り知れない。しかも、公務員と違って苦情を申し立てることも出来ない。公務員の場合でも不服申し立ては認められていない。まさに人権に無頓着な違憲の法律なのだ。

「秘密法」への批判でよく言われるのが、「国民の知る権利」に対する侵害。たしかに戦争体制をあまねく整備するために「国民」を統治するのが目的にはちがいない。では、日本に在住する非日本籍者／外国人はどうなのか。人権侵害と抑圧をまぬがれるのか？

この問いは否応なく、かつての「治安維持法」を思い出させる。「秘密法」の片面（もう片面は「軍機保護法」）が同法と兄弟みたいに似ているからだ。

一九二五年に制定された「治安維持法」は主に天皇制国体と私有財産の否定に適用された法律だが、当初は独立運動の弾圧に活用されて、日本人を上まわる朝鮮人が検束された。

植民地下とは時代が違う、と言い切れるだろうか？　安倍政権の言う「積極的平和主義」が「尖閣問題」「独島／竹島問題」に対処する「積極的交戦主義」の偽名であることを考えれば、答えは「否」であろう。在日する中国人とコリアンが標的にされる危険性は大きい。彼ら／彼女らは特定される公務や企業から、すでに差別的に排除されている。しかし、未遂、共謀、教唆、扇動などが処罰対象なのだから、陥穽を仕掛けられることはありうる。かつて銭湯帰りを待ち伏せて外国人登録証の不携帯を利用して弾圧したように。朝鮮民主主義人民共和国に対する安倍政権の敵視政策と〝なんでもあり〟の大衆感情をおもうと、特に「北」に帰属意識を持つ〈在日〉が狙われるかも。日本籍取得（帰化）者だって安心とはいえない。

一九八〇年代半ばのことだが、時評子がいま想起することがある（国家安全保障戦略が言う愛国心とダブって）。外国人登録法で義務付けられた指紋制度に対して在日コリアンが中心に「NO」の声を上げ、押捺を拒否した。時評子の友人も何人か拒否して起訴された。名古屋地裁公判での証人尋問の場面。「なぜ外国人から指紋を取るのか？」と問う「被告」弁護人に対して、国側証人の入管課長Kが答えた、「日本人と外国人とは（日本）国家に対する忠誠心が違うからです」。弁護人がさらに問う、「どのように違うのか？」。法務官僚は答えて曰く、「いざという時、銃を取って戦うかどうかです」。

それから三十年。在日する外国人が居酒屋で政治談議をしている。話に花が咲いて、Aさんが自衛隊の軍備とか基地の所在について誰でも知っていそうなことを口にする。翌日、Aさんの姿が家族の前から消える。「秘密法」違反の容疑で逮捕された、と政治談議の仲間たちに伝えられる。

極端な例え話だが、そんな事態を妄想と言い切れるだろうか。もちろん、それが時評子の杞憂であり、度を過ぎた「うらよみ」であれば、それにこしたことはない。

〔蛇の足〕『クロニクル二〇一五』と題する連作長編小説を書いている。一九九八年の通常国会で周辺事態法などが成立した時期に書きはじめて、第一部「骰の時」、第二部「革命異聞二〇一五」はすでに雑誌に発表。いま書いている第三部「果てのない道標」のなかで、作者によって名付けられた「秘密法」は、「戦争遂行および人民監視と拘束のための秘密に関わる法律」という。

3月1日

NHKよ、どこへ行く?

まず、ある文章を抄引する。

〈人間がみずからの死をささげることができるのは、神に対してのみである。（略）野村秋介氏が二十年前、朝日新聞東京本社で自裁をとげたとき、彼は決して朝日新聞のために死んだりしたのではなかつた。彼ら（朝日新聞）ほど、人の死を受け取る資格に欠けた人々はゐない。人間が自らの命をもつて神と対話することができるなどといふことを露ほども信じてゐない連中の目の前で、野村秋介は神にその死をささげたのである。

「すめらみこと　いやさか」と彼が三回唱えたとき、彼がそこに呼び出したのは、日本の神々の遠い子孫であられると同時に、自らも現御神《あきつみかみ》であられる天皇陛下であつた。そしてそのとき、たとへその一瞬のことではあれ、わが国の今上陛下は（「人間宣言」が何と言はうと、日本国憲法が何と言はうと）ふたたび現御神となられたのである。〉

読者は七十年の昔にタイム・スリップしたようにおもうだろう。そうではない。現在NHK経営委員の長谷川三千子という大学名誉教授が右翼団体元幹部を賞賛した追悼文なのだ。国粋右翼のありふれた思想形態といえばそれまでだが、なんともキナ臭すぎる。

一番困惑するのが、現人神などとは露おもっていない明仁天皇だろう。

「聖戦」が叫ばれるなかで、日本浪漫派を先頭に名だたる思想家／文学者たちがナダレを打って「妄想神話」に陥った過去が思い出される。

朝鮮・台湾に対する植民地支配のメダマとして猛威を振るったのが、（文化的）皇民化政策だった。朝鮮半島の人びとの思考と情緒まるごとをヤマト民族に同化させるために、何をしたか。その一つとして、さきに上げた文章の原典ともいうべきノリトを唱えさせ、ミソギの儀式を強要して「架空神託」を注入するという、一種の「生体実験」を行なった。それは徴兵・特攻志願、強制連行・労働、身体的弾圧・殺害その他さまざまな生命にかかわる悪行に匹敵する、精神の収奪――植民地統治の残酷だった。

NHKがらみでは、同じ経営委員の百田尚樹（作家らしい）が、東京都知事選の田母神某応援演説で他候補を「人間のくず」と呼び、籾井勝人が会長就任会見で旧日本軍の性奴隷（軍隊「慰安婦」）について、戦時には「どこの国にもあった」と妄言。これら発言は右翼勢力の手垢にまみれた紋切り型であって、戦時に長谷川〝論文〟の兇々しさに比べればチャチな類かも。

それにしても、牙かくしの演技さえせずに正体をさらけ出すとは、よほど舞い上がったか、稚拙すぎるか、焦っているのか。彼女／彼らが安倍首相一派の「特命」を受けて就任したウラを察すれば、ボスへの忠誠を示すためのミソギ儀式なのだろう。

衆院で野党が籾井新会長の妄言を追及。安倍首相の答弁が笑える。「新会長はじめNHK職員の皆さんには、いかなる政治的圧力にも屈することなく、中立公平な報道を続けてほしい」。「政治的圧力」をかけているのは、誰？　それは、あんた！　これは「うらよみ」ではなく、視聴者の大方の感想。

人民を掌握するには、まずメディアを掌握せよ。戦争は、それからだ――洋の東西を問わず、政治権力が人民を内面深く支配するための、それが手段。人民の精神を戦争容認・交戦邁進スタイルに変造するための、それが鉄則。

安倍晋三という人物は、旧日本軍性奴隷をめぐる国際女性法廷のドキュメント番組のときといい、今回の新会長／経営委員人事といい、NHKへの介入にマニアックな情熱を傾けている。

NHK職員の皆さんには「いかなる政治的圧力にも屈することなく」ジャーナリズムの良心と底力を示してほしい。そのためなら視聴者は大いに協働するだろう。

名護市長選の勝利が呼びかける

沖縄県の仲井真知事が辺野古の埋め立てを容認した。ひきつづき「県外移設」を求める、とも言う。なんとも理解しがたい理屈だが、彼も矛盾に苛《さいな》まれているのだろう。

「カネに屈したのが悲しい」という沖縄の声が胸に刺さった。自民党政権の醜い手法とアメリカの圧力に怒りを覚えた。だからといって、「本土」に暮らす者の責任が放免されるわけではない。

「他人に傷つけられても眠ることはできるが、他人を傷つけたら眠ることができない」。その言葉をおばあ、おじいからよく聞いた、と「本土」育ちの学生が話してくれたことがある。

わたしたちはその言葉とは真逆に、他人の足を踏んづけたまま眠ってはいないか。名護市長選の勝利は大きな励ましだが、それは「おまえたちが自分の力で、その足をどけろ」という呼びかけにちがいない。

「NO　基地」の声を上げ続ける。

4月1日

「代作」騒動と表現行為

佐村河内守という作曲家の名前をはじめて知った。有名らしい『交響曲第一番　HIROSHIMA』も聴いたことがなかった。音楽に疎いことば人間とはいえ、迂闊なことだ。

メディアの報道によると、十八年間にわたって大学非常勤講師が「代作」したという。感音性難聴の佐村河内氏が内容と構成、イメージを提供してギャラを払い、講師が作曲したらしい。

たしかに、聴く人たちをあざむいてきた道義上の責任はまぬがれないが、表現活動を考えるとき、時評子はサギ行為とはみなさない。最初から二人三脚による共同制作と公表していれば、創作行為として成り立つ。

「作品」そのものが、優れているか、つまらないか（その評価の尺度は厳密でなくてはならないが）、大切なのはそこだろう。音楽に即していえば、聴く人の思考と感性にすぐれて響き、メッセージを伝えられるかどうか。ごく単純化すれば、主題と技巧もふくめて「作品」の読みどころ・聴きどころは、そこだろう。

民話、説話、神話、創世叙事詩など文学の原郷である伝承ものは、「作者」が誰かを問わない（民衆の）共同制作とも言える。聖書もそうかもしれない。未完の名作を書き継ぐ試みも「共同制作」の一種かもしれない。「作者」が特化されて「作品」を読み解くのは、「文学」という「帝国」が発生した「近代」以降のことかもしれない。現代の商業主義との関連で言えば、社会ネタ化した文学賞など出版業界の画策と、それに追随する読者の作者信仰などが典型だろう。

話がややこしくなった。時評子は「共同制作」に憧れに似た関心を持っている。一時かじったマダン劇（演劇）は言うにおよばず、孤独な創作活動とみなされがちな文学、美術、音楽についてもそうだ。その関心が、政治・社会的な活動に対するスタンスと対であることは措くとして。なので、代作／ゴーストライターと着想の提供者との協働はおもしろいと思っている。

かく言う時評子も四十年ほどまえに、ある経済人の自伝ゴーストライターをしたことがある。本人を取材して代作したのはたしかだが、めしのタネだけの空疎なそれは「共同制作」とは呼ばない。後悔のタネを播いただけである。

話をちょっと変える。

この文章を書いている三月十五日、ＳＴＡＰ細胞をめぐる論文と画像データについての〝疑義〟がかまびすしい。時評子は理化学研究の分野にまったく疎い。どんな推移になるかもわからない。それを承知で言う。ベンヤミンの「複製文化論」を引くまでもなく、芸術にはコラージュなどの表現方法がある。「不適切」「盗用」「パクリ」などを言挙げするより、実験／研究自体が進化して実用に資するようになってほしい。いつ身体の不具合と付き合うことになるかもしれない七十七歳の時評子には、それが願い。

五輪の「罪」について

ソチ冬季オリンピックが終わった。案の定、マスメディアを筆頭に世間は「日の丸」と「メダル」の大合唱だった。橋本聖子団長は十個獲得と〝公約〟。オリンピックの国威発揚型戦争代理ゲームについては、本欄（２０１３年10月1日・98頁）でも書いた。

今回は、選手を抑圧する「罪」について一例だけ書く。時評子が見るところ、メダルを確実視されていた三人の選手が四位以下になった。世界選手権で抜群の強さを示した女子ジャンプの高梨沙羅選手、スピードスケート五百メートルの加藤条治、長島圭一郎選手だ。ありていに言って、彼女／彼らは、「日の丸」と「メダル」の重圧に実力を発揮できなかったのだろう。

試合後に打って変わった彼女／彼らに対する〝冷遇〟は、冷酷ともみえる。一方、不成績を天候やコンディションのせいにして選手を慰めるのも、他国選手の栄光を損なう、負け惜しみの国威主義になるだろう。

アスリートの精神力とトレーニングと技量には、高難度ゆえの失敗もふくめて、余人を超越したものがある（「あの子はいつも転ぶ」と言ったのが東京オリンピックを準備する組織のトップで元首相というのだから、この国はどこまで軽薄なブラックユーモアが似合っているのだろう）。

アスリートたちを「日の丸」と「メダル」から解放しよう！　重圧を解いて存分に活躍させよう。ちなみに時評子はボクシングのセコンドライセンスを持っている。選手のモチベーションを上げるために試合前、試合中にアドバイスとともに気合を入れるのが普通だが、時評子は心身のリラックスに重きを置く。

いまパラリンピックが開かれている。彼ら／彼女らの演技を見ていると、「健常者」以上に身体性を感じる。なぜだろう。

5月1日

再審の重い扉が開いた

再審が決まった。冤罪の濡れ衣を着せられて、「死刑犯」として囚われていた袴田巖さんが、四十八年ぶりに釈放された。静岡地裁が三月二十七日、再審開始のみでなく「刑の執行・拘置の停止」を決定したのだ。

再審を勝ち取って無罪が確定した事件はいくつもある。今回の静岡地裁判断は、なかでも注目すべきものだ。

死刑執行・拘置停止の理由として「無罪である可能性が相当程度明らかになった現在、これ以上拘置を続けることは正義に反する」。「犯人が着ていたとされる衣類の血痕のＤＮＡ鑑定の結果は無罪を言い渡すべき明らかな証拠に当たる」。「衣類は、捜査機関によって、後日、捏造された疑いがある」。「自白調書を含む新旧証拠を総合的に判断しても、元被告を犯人と認定できるものはない」。

警察・検察と死刑判決を完膚なきまでに砕いた判断だ。権力による自白強要、デッチ上げの常套手法が目に浮かぶ。

冤罪が明らかになると、では犯人は誰だ、という反論まがいの声が一部から聞こえる。なにがなんでも「犯人」を創作しようとする、面子・予断・偏見が真犯人を取り逃がして、もはや再捜査も不可能な歳月が流れてしまう。あとに残るのは、冤罪による犠牲者にとって取り戻すことの出来ない歳月だ。これって、明々白々な権力犯罪。なのに、静岡地検は即時抗告という、さらなる「犯罪」を犯した。

一九六六年に静岡県清水市で味噌製造会社の一家四人が殺害されたとき、警察が袴田さんに容疑をかけた「根拠」は何だったか。ニセの証言もあったが、キメテにしたのは〝ボクサーくずれ〟だという、差別観念だった。

今回の再審決定については、姉・秀子さんと弁護団のゆるぎない活動があった。時評子はそれに加えて、日本ボクシング協会の活動を上げたい。今回、「袴田（冤罪）事件」が大きく報道されるまで、それは表立って知られていなかった。しかし、地道な支援がつづいていた。世間から保守的とみられているボクシング界が、権力の差別に対して立ち上がったのだ。

かくいう時評子がその現場に立ち会ったのも十年近く前、関係するジムの興行が名古屋で行なわれた折だった。秀子さんと関係者らがリングから訴え、会場ロビーで再審請求の署名と資金カンパを呼びかけた。そのおり秀子さんに、弟さんが無実であることをずっと確信してきたことを伝え、ささやかなカンパもさせてもらった。秀子さんの凛とした応答が力強かった。

ＷＢＣ（世界ボクシング評議会）が元日本ランキング六位の袴田巌に名誉チャンピオンベルトを贈って、イキなはからいをみせた。

時評子が事件のあと早い時期から、それなりに「勉強」して冤罪・無実を確信し、ささやかながら支援に関わった「事件」がある。「袴田」「狭山」「島田」「甲山」「名張ぶどう酒」などである。赤堀、山田、袴田さんにつづいて、石川さん、奥西さんの再審・無罪の日を信じている。

若者のことばが「文学」になる

今回はもうひとつ裁判について。

朝鮮高校を授業料無償化の対象から差別的に排除している問題。正式名称は長ったらしいので「朝鮮高校無償化訴訟」と呼ぶことにする。

この原稿〆切の日がたまたま第六回口頭弁論になる。欠かさず傍聴しているので、よく考えられた代理人の弁論内容などもふくめて詳細を書きたいが、紙数がない。

名古屋地裁の傍聴席八十名の法廷に毎回、二百名ほどが詰めかける。原告は現在十名。卒業生と現役生だ。その陳述が時評子の胸を打つ。

原告たちのことばには、どこかからの借りものではない、人間的な力がある。「文学のことば」の原質みたいな何かがある。それを要約して文章に写し換えるのはむずかしいが。

彼ら／彼女らにとって朝鮮高校とは何か。民族教育とは何か。そこは日本社会の有形無形の抑圧から解放されて、愉しく学び、遊び、歌い、スポーツに打ち込み、友情を育む、かけがえのない場。「朝鮮人」としてのアイデンティティを確認できる場。つまりホームランドなのだ――そのことが声の響きをともなって陳述から伝わってくる。

それだけではない。ある原告は同世代の同胞たちが陥りがちな日本社会への同質化、見失いがちな在日主体の現状についても、自戒をこめて率直に語った。日本の司法権力の場で「自己批評」をするのは、なまなかなことではない。他者への批判に偏することなく自分を見つめる思考のスタイル。そこに「ことばの力」を感じた。

排他思考と自己愛に溺れてヘイト・スピーチに明け暮れている連中に、爪の垢でも煎じて飲ませたい。

6月1日

勇気ある告発が海自の闇を暴いた

『神聖喜劇』の作者・大西巨人さんが先だって亡くなった。旧日本帝国軍内務班を部隊に、その軍規を逆手にとって知の膂力《りょりょく》で抵抗する人物を主人公にした長編小説。と言っただけでは巨象の尻尾に触れたことにもならない、端倪《たんげい》すべからざる快作である。

時評子にとって座右の小説であるが、ここで大西巨人の死とか『神聖喜劇』について語るわけではない。マクラに使わせてもらった（ついでにお断りをひとつ。この時評でしばしば「時評子」なる言い方をしてきた。何人かから「時評子って、あんたのことですね」と確かめられた。「時評子」は「編集子」などとともに、この国でジャーナリズムが始まって以来の古くさい表現なのかも。とはいえ「筆者」とか言いにくくて、これからも時評子でよろしく）。

さて、今回は海上自衛隊護衛艦「たちかぜ」乗組員の自殺をめぐる訴訟の話である。

二十一歳だった一等海士が上官二等海曹の暴行や脅迫行為を苦に自殺した。東京高裁は「自殺は予測できた。上司が調査、適切な指導をしていれば、自殺は回避された可能性がある」と判断。国などの賠償額を一審より大幅に増額する判決を下した。

「完全勝利」の決め手になったのは、三等海佐による内部告発だった（三佐は幕僚長を除けばナンバー3の階級）。

三等海佐は、「海自がアンケートを隠している」との陳述書を高裁に提出。一等海士が自殺した直後、海自は「たちかぜ」の全乗組員を対象に「艦内生活実態アンケート」を実施した。海自は当初、それを「破棄した」とウソをついていた。三等海佐の告発証言によって、海自はしぶしぶ「アンケート」や聞き取り「メモ」を高裁に提出。それによって、自殺した隊員が顔にエアガンで撃たれたようなあざを作っていたことなどが明るみになったのだ。

控訴審の証言で三等海佐は「自衛隊は国民にうそをついてはいけないという信念で告発した」と語ったという。

時評子はそのことばに、自衛隊員のぎりぎりの「良心」を読みとった。小心なわが身をひるがえって、自分にその勇気があるか、軍隊という抑圧システムの牙城に身を置いて。そう自問せざるをえない。

否応なくアタマに浮かぶのが、「特定秘密保護法」こと「秘密法」。施行まであと半年。このぎりぎりの「良心」さえ絞め殺そうとしている。まだ会ったこともない三等海佐の顔が、苦渋にゆがむのが見える。「時評」の分際をこえて、なんとしても廃止に！　と叫びたい。自衛隊内の「良心」に「協働を」と呼びかけても、巨怪な壁に拒まれてウソっぽくなるが、せめて彼ら／彼女らが集団的自衛権などというマヤカシのせいで戦場に行くことのないように、祈りたい。

「大衆」と「市民運動」の交差路

「大衆」って誰だろう？　もちろん時評子も見えるか見えないかのその一粒にはちがいないが、とてもわかりにくい。その解らなさこそが「大衆」の「大衆」たる所以、と言われればそれきりだが。

社会学者らによって「大衆論」は多く語られている。おおいに学ばせてもらっているが、「大衆という現場」にいる者として、それがしっくりこないから厄介なのだ。

やみくもなエネルギーと無責任。説明抜きの短兵急に言って、それが「大衆という現場」であるらしい。底知れないエネルギーは、ときに権力をおびやかしてもきたが、現在はIT文化に閉塞させられてか、騒々しいばかりの言説のなかでむなしく宙を舞っている。無責任の氾濫は、ヒロヒト天皇と政治権力のそれにならってか、勢いづくばかりに見える。そんな暮らしの現場にいて「大衆」を語ることは、「大衆批判」にならざるを得ないようだ。

では、「市民運動」って何か？　対抗する相手を明確に定めて、得るべき目標に向かって意識的に進める大衆行動――と、ひとまず言えるだろう。なので、課題のもろもろについて知識や蘊蓄、危機感の披瀝を競い合って口舌の場に堕することは、願い下げにする。

責任はどうか。「市民運動」はしばしば集会決議とアピールを発してデモ行進を行ない、政府とか企業などに要求する。そのとき悩ましいことに、要求の実現にかかわる責任が生じてしまう。実現をはたさないままに別の課題・活動にシフトすれば、一種の無責任になってしまう。さらに、「市民運動」が整序されすぎると、「大衆」のエネルギーを削いでしまいかねない。

そのあたり現実はどうだろうかと自問すると、きつい。あれこれ悩ましさが募って、立ち往生しそうだ。さいわい紙数も尽きたので、最後のひとこと。

「大衆」と「市民運動」の交差路に立って粘りづよく活路を探ろう。

7月1日

交戦型壊憲の〝面相分析〟

メディアに登場する姿を見ての印象だが、安倍首相の面相と身ぶりが日に日に剣呑なそれに変わりつつある。

極右型思想は元来のものとはいえ、当初はぼっちゃんふうのふっくら感と語尾のたよりなさが、その表情と語り口に感じられた。第一次政権の失敗の轍を踏まないために、数の驕りを謙虚のポーズで装っていたとはいえ。

では、面相と所作ふるまいの変化が現われはじめたのは、どのあたりからか。秘密法の強行採決のあたりかも。さらに「国家の長である私が決める」と高言して、間接民主主義のイロハさえ圧殺しようとしたあたり。そして集団的自衛権の行使にかける妄執へ。

壊憲による集団的自衛権の行使をめぐって、自民党と公明党のつばぜり合いがつづいている。この文章を書いている段階では、公明党は行使容認に抵抗している。公明党の抵抗を崩したい自民党政権は「限定行使」などと言い出して、「四分野・八事例」なるものを提起。米艦防護、ミサイル迎撃、船舶強制検査、海上交通路の安全。邦人を輸送している米艦や本土を武力攻撃されたアメリカの艦船が日本近隣で作戦を行なう場合の防護などだそうだ。自国民救出を口実に戦争を仕掛けるのは常套手段であるが、事例のどれをとっても「限定」などではなく戦争行為のヒナ型だ。さらに協議座長の高村名で、一九七二年政府見解を改ざんするため「三要件」なるものを提起。なにやら屁理屈あそびの様相を呈している。

公明党が踏ん張りきれるか？　予断を許さない。自民党の手管はあざとい。石破幹事長などは「いざとなったら手を切るぞ」と脅しをかけながら、与党に止まるか「限定行使」を呑むかの二者択一を暗に迫っているらしい。それかあらぬか、公明党は座長（政府）「三要件」を論議するなどと弱腰も見せている。大臣の椅子一個に執着する公明党が、党の信条を守って抗し切れるか。政権離脱も辞さない覚悟があるか。固唾は呑まないが、注視している。

それにしても、安倍首相の「戦争法制」もろもろに対する妄執は、尋常ではない。識者、市民による論破は尽くされているのに、「大衆」の俗情ナショナリズムに訴えて、「国民の命を守らなくていいのか」などと声を荒げ、低レベルの反論を繰り返す。「六〇年安保」まで持ち出して。あのとき反対勢力は「日本が戦争に巻き込まれる」と言ったが五十年余、日本は戦争を起こさなかったではないか、と胸を張る。それは憲法九条があり、集団的自衛権を認めなかったからなのは誰の目にもわかる。彼は（言説の上でも）墓穴を掘っているのだが、そのことに気づかないか、気づかないふりをして「大衆」を騙せると思っているのだろう。

安倍首相は、権力に妄想的に酔っているのかもしれない。その陶酔がコンプレックスに由来するらしいから厄介なのだ。彼の複合意識とは、祖父信介にたいする憧憬と祖父が果たせなかった夢を実現しようとする野心。独裁の変名であるリーダーへの野望と不安（第一次の挫折が彼の夢に浮かぶ？）。自己陶酔ぶりをあらわにする彼の面相と所作ふるまいの変化は、政治思想に起因しているのはたしかだが、さらにコンプレックスの怪しい深まりをも示しているようだ。陶酔感にひたる彼の脳裡では、戦争の惨酷さはバーチャルなものと化して、人間の肉体が血しぶきとともに砕かれて死ぬという事実に対する想像力は、失われてみじんもない。自分がよもや戦場に出向くことはないとタカを括っているのだろうが、彼の他者への想像力の欠如と我欲は、戦後史のかたちを変えようとしているのだから、迷惑この上ない。

安倍首相の面相と力みかえった身ぶりからは、それらもろもろが読みとれる。しかも、自衛隊の閲兵などに見られたそれが、いまや常態化。ヒットラー的なるものまで、あと一歩か。

安倍政治から日本を救おう。安倍晋三を自縛から救おう。

事実と「風評被害」のあいだ

漫画『美味しんぼ』の連載「福島の真実」24（『週刊ビッグコミックスピリッツ』）が問題になっている。「鼻血」について時評子がまっさきに思い出したのは高校生だったときのこと。授業中にときどき鼻血を拭く教師がいて、「近頃、よく出てねぇ。原爆のせいかもしれない」と言った。当時、ことばの切実さに思い至らなかったが、教師は不安な表情を浮かべたはずだ。教師が被爆体験した人であることは生徒のあいだに知られていた。

福島の現実を直視することと「風評被害」――悩ましい問題である。でも、時評子なりの最低限の考えを述べなくてはならない。「風評被害」と「差別」を声高に言って、被曝の事実を隠ぺいすることはゆるされない。政権や原子力ムラのまやかしに乗って、再稼動に手を貸してはならない。

8月1日

密告奨励制度とどう違う?

かつて世界の独裁/ファッショ政権下では、密告制度が民衆を脅かした。日本も例外ではなかった。封建時代の〝五人組〟、軍国時代の〝隣組〟。どれも民衆同士を監視させ密告させて、支配の手段とした。独裁/ファッショ政権下に限らない。デモクラシーの本尊アメリカでも、〝アカ狩り〟のマッカーシー旋風が吹き荒れたとき、密告が猛威をふるった(いまは友好国トップの通話まで盗むという、新手に代わったようだが)。アメリカに帰依するこの国でも、「集団的自衛権」「集団安保」「秘密法」の次に来るのは……。

時評子がなぜ、密告制度などと禍々しい話題を持ち出したのか。密告制度と瓜二つの怪しげなものが現われたからだ。ひと呼んで「司法取引」。

簡単に言えば、ある事件で捕まった容疑者が他人の犯罪について、検察官に捜査協力した場合、弁護士の合意があれば起訴しないか略式起訴で済ませる、裁判中の被告であれば起訴を取り消すか訴因の変更を請求する——といった「取引」だ。

「密告」のことを巷ではチンコロとかチクる、と言う。不適切な例をあえて使えば、反社会団体(やくざの世界)でもチンコロは最大の裏切り行為とされて、指の一本、二本では済まされない。収監された人たちのあいだでも忌み嫌われる。いやいや、社会一般にあって「密告」は卑怯な行為のはず。それをもって罪が軽減される、あるいは免罪されるというのは、おかしな話ではないだろうか。
「司法取引」の大きな問題点は、罪を逃れたい為にするウソの証言によって冤罪が造られることだろう。それでなくても、警察／検察／裁判所がウソの証言、あやふやな証言に飛びついて、無実の人に濡れ衣を着せる事件がゴロゴロしているのだから。
「司法取引」とチンコロはどこが違うのか？

号泣議員の〝演技力〟

近所の食堂で昼の腹ごしらえをしていた。テレビに映る記者会見を何げなく見ていたら、会見の主が突如、顔をぐしゃぐしゃにして号泣しはじめ「命をかけて」とかなんとか意味不明のことばを喚いた。いったい何が起こったのか？　近頃のテレビは意表をつく演出を考えるものだ、と疑ったが、変に懐かしくもあった。子どもの頃、あんな泣き方をよく見た。時評子もあんなふうになりふり構わず泣いたかもしれない。

いまや話題のひと、兵庫県議四十七歳が演じた一幕。二〇一三年度に政務活動費を使って、疑惑の日帰り出張百九十五回。そのうちには大雨で運休したはずの特急交通費も含まれているという。難度ウルトラE級の不正ワザを演じたものだ。

結局、議員辞職と政務費千八百万円の返納を表明。それで一件落着、とはいかない。いかにその演技が耳目を集めたとはいえ。なにかと使途に疑問が噂される政務活動（調査）費の暗部を明かしてくれたとはいえ。さらに、Wカップの日本チーム惨敗で沈む列島に笑いを提供してくれたとはいえ。

しばしば手元不如意に遭遇してきた時評子は、失業した彼の生活に同情する。当面は吉本プロあたりが拾ってくれて、号泣ワザを持ちギャグに食っていけるだろうが、一年と持たないだろう。

「やじ現象」と保守・右翼系の属性

ついでに都議会議員および国会のヤジ現象について。

露骨な性差別ヤジを飛ばした都議員は最初、余裕たっぷりにとぼけて見せた。音声の声紋検査をする、との情報が効いたか、白状して女性議員の前で深々と頭を下げた。滑稽な場景だった。小学生なら最初から「ぼくがやりました」と認めただろう。国会議員のほうは、いまだに口をぬぐったままだ。暴言ヤジは性差別に限ってはいない。国会や都議会に限ってもいない。あちらこちらの各級議会で起こる。民族差別やホームレス蔑視、性的マイノリティに対する揶揄。差別をキャッチして追及する議員のいない議会では野放しになっているかもしれない。

性差別ヤジは議員という種族の知的レベルを証明してしまった。さらに男性社会に家父長制度／意識がいまだに払拭されていないことも。核家族とか少子化とか家概念の消失とか言われているのに、不思議なことだ。

差別ヤジの主役が自民劇団というのは何を意味するのだろうか。保守／右翼系の思想がその発生源にあるようだ。自民劇団だけではなく、同工異曲の思想を有する野党小劇団にも見られる現象なので、差別感情と保守／右翼系の思想とは切って切れない仲らしい。

自民劇団や（同種の）小劇団を議会に送るのが「有権者」なのだから、ことは厄介だ。

9月1日

首相スピーチのコピペ問題

広島に原爆が投下されて六十九年、八月六日の平和記念式典で首相が恒例のスピーチをした。その不実な振る舞いに多くの人が呆れ、怒っている。

スピーチ冒頭部分の約五百字が、昨年のものとほとんど同じ文章の切り張りだったのだ。東京都世田谷区の上川あや区議がツイッターで指摘。

変更ないし削除された箇所を上げると、「六十八年前の朝」が「六十九年前の朝」に、「蝉時雨が今もしじまを破る」が削除。「私たち日本人は、唯一の、戦争被爆国民であります。そのような者として、我々には、」を「人類史上唯一の戦争被爆国として、核兵器の惨禍を体験した我が国には、」に手直し。それら変更、削除されたのは、約五百字のうち約三十字にすぎない。

原稿は首相秘書官か関係省庁の担当者が書いたのだろう。安倍首相がそれを事前に読まないはずはない。ひょっとすると、本番でトチらないように、それらしい格調を演出するために、二度ならず朗読してみたかもしれない。だから、不実の咎《とが》が首相本人にあることは言うまでもない。

新聞によれば、広島県原爆被害者団体協議会の事務局長・大越和郎さんは「みんなが大事にしている厳粛な慰霊碑の前で前年と同じあいさつをするとは、広島や被爆者、平和を軽視している証左だ。それが底流にあるから集団的自衛権の行使容認を閣議決定したのではないか」と語ったそうだ。

安倍首相が壊憲、「秘密法」「集団的自衛権行使」など「戦争できる日本」を取り戻すのに腐心し、「防衛装備品移転」などという偽称を駆使して兵器産業振興のための「軍事貿易」にウツツを抜かしている今、彼が平和とか核廃絶には心そこにあらずの心境なのは、手に取るようにわかる。

ちなみに、この国の軍事関連企業ベスト五を左記する（二〇一三年度防衛省資料、石油企業は除く）。上から順に社名、防衛省との契約額、主製品。

①三菱重工業　三千百六十五億円　戦車・ヘリコプター　②三菱電機　千四十億円　ミサイル　③川崎重工業　九百四十八億円　潜水艦用発電機　④ＮＥＣ　七百九十九億円　野外通信システム　⑤ＩＨＩ　四百八十三億円　哨戒機用エンジン

話をもどそう。

コピペ・スピーチの件で安倍首相が世界に恥をさらして笑われるのは、自業自得。しかし、そういう一国のトップを持つ「国民」までもいっしょくたに笑われるのは、恥ずかしく、いまいましい。その一点でも、安倍政権を退場させる理由は充分だ。雪辱という恰好の言葉がある。恥を雪《そそ》ぐ。では、安倍晋三およびその一派を退場させるには、どうするか。月並みに言えば、国政選挙だけでなく地方の隅々まで自民党を敗北させる。安倍政権の支持率を20パーセント台に下落させて再度、腹《はら》痛《いた》を起こさせる。大衆のエネルギーを発揮して、彼が崇拝してやまない祖父の〝二の舞い〟を体験させる。

いずれも、言うは易く成し難い「現状」が立ちはだかっている。ならば、今の政権を作ってしまった自分が恥ずかしい、責任を感じる——せめてその悔いの意識から始めたい。

自死をめぐる非対称

ＳＴＡＰ細胞の研究／論文問題をめぐって口惜しい出来事が起きてしまった。理化学研究所の小保方ユニットリーダーの上司だった副センター長・笹井芳樹さんがみずから命を断った。

彼をそこまで追いつめたのは、何だったのか、誰だったのか？　生きている者が自死についてあれこれ評定するのは不遜だろう。本人自身にも説明できない、一瞬の闇をのぞいてしまった、ということだってありうる。

しかし表層的に言えば、（週刊誌を含めた）マスコミ報道、それに煽られた世間の動向があるだろう。もうひとつ時評子のアタマに浮かんだのが、理化学研究所という組織と研究という〝業界〟の在りよう。トップの責任を回避するために中間的な地位にある者が生贄にされる。そういう例を政治、官僚、企業その他もろもろの場で見てきた。貴重な研究者を失った今回の不幸が、それらの場合に類似してはいない、と言いきれるだろうか。理化学研究所のＮ理事長（ノーベル賞受賞者）に問うてみたい。Ｎ氏がかつて不明瞭な研究献金問題をウヤムヤにしたからというわけではない。組織責任の在り方として。

安倍首相にも登場してもらわなくてはならない。平和記念式典におけるコピペ・スピーチの責任をどのように取るか？　時評子は、研究論文におけるコラージュ手法を全面否定するつもりはない。しかし、安倍スピーチの使いまわし／切り張りは、それと比べようのないお粗末。

わが身をふくめて考えた、人のごく普通の良心って何か？

10月1日

七百六十枚ほどの長編小説『クロニクル二〇一五』（一葉社）を上梓した。直近の政治状況を題材にした近未来レジスタンス小説（のつもり）。左記のような帯文を出版社が付してくれた。
〈これは現実《リアル》か虚構《フィクション》か／この不気味で息苦しく理不尽な今日を15年前から予見！／「正義と夢の探検隊」の老若男女7人が　徴兵制復活をことほぐイエロー国の片隅から「秘密のアベッコちゃん」に徒手空拳で立ち向かう。〉

「戦争する国」づくりのウラ技

「不気味で息苦しく理不尽な今日」の正体が自民憲法草案など安倍政権の改憲策動、集団的自衛権行使、秘密法など見えやすい交戦体制づくりなのは言うまでもない。格差貧困、保障なき暮らし、原発恐怖など、先の見えない社会不安なのも言うまでもない。

巷の片隅に暮らす時評子さえも、不気味さをひしひしと感じている。

見過ごしがちなウラ技も着々と進んでいる。

戦争を下請けする民間の施設・企業の軍事化もそのひとつ。たとえば、防衛省が民間の船会社とフェリー借用の契約を結んでいる。表向きは訓練や大規模災害に備えてというが、新手の「徴用」を予感させる。事実、さきの戦争では多くの民間船が徴用されて船員らが犠牲になった。

日本人男性Yさんが、シリア北部アレッポで過激派と呼称される「イスラム国」に拘束されたらしい（この過激派という安直な言い方、なんとかならないだろうか。過激派と言うなら、ふたこと目には空爆を宣言して実行するアメリカにその呼称を進呈しなくてはならない）。聞くところによると、Yさんは田母神某が主催する集いに出席したことがあり、戦争の下請け会社を立ち上げたいと漏らしていたそうだ。アメリカが侵略先の戦場で活用するそれみたいな会社かどうかは不明だが。日豪のあいだでは、経済連携と巧みにセットされた防衛装備品移転（軍事貿易取引の偽称）の協定が締結された。

いずれにしても、この国で戦争の民営化は目と鼻の先だ。

大衆はお人好しすぎる?

あれこれキナ臭い日本的状況だが、「不気味で息苦しく理不尽」なそれには得体の知れなさも付きまとって、厄介だ。大衆の得体の知れなさが一役買っていなければよいのだが。

情報によれば九月初旬の世論調査で、安倍政権の支持率が三ヵ月ぶりに50％台を取り戻したという。内閣改造と女性閣僚五名の登用が影響しているらしい。改造内閣への期待? 〝衣替え〟のたびに期待したくなるのは、裏返して絶望の深さを語っている。なので一概に責められないけれど、お人好しにならないよう気をつけなくては。それをあこぎに利用するのが政治権力だから。

女性の入閣だって、たったの五人。戦争体制づくりで牙をむき出す一方で、女性の活躍というソフトな政策ポーズを使っているのにすぎないだろう。安倍政権・自民党の男議員たちが男尊女卑の価値観から解放されているとおもえない。五人だって、高市某をはじめソフトどころかタカ派女性が顔を揃えて、男社会まがいの言動をする。

時評子は世論調査なるものには眉に唾するが、今回の結果には、安倍首相の〝諸国行脚〟も影響していないか。回数だけをみれば、歴代首相ではダントツらしい。

しかしあれはどうみても、対中国・対韓国（朝鮮）をめぐる外交サボタージュあるいは外交べタあるいはトンコ（逃げ）の代替行動だろう。税金を大盤振舞いしながら中国・韓国（朝鮮）に対抗するための味方づくり。戦争する体制に必要な外堀構築のつもりか。それで軍事貿易を盛んにし、国連安保理の非常任理事国候補のアジア椅子をバングラデシュからもぎ取れば、モッケのさいわいといったところか。

政府はぶざまなほどに原発の再稼動に躍起になっている。電力資本と（いっこうに死語にならない）原子力ムラを後押しして。こともあろうに、事故対策と避難計画が一定整えば万一の場合の「責任は国が取る」（菅官房長官）と言う。誰も責任を取らないままにフクシマの現実を放置してそれを言えば、言葉あそびに過ぎない。そもそも人間の力の及ばない原発惨事が起きれば、責任云々など雲散霧消する。原発を失くすのが、一番の事故／避難対策。

集団的自衛権行使をめぐる論議のなかで首相の言う、「国民の生命と平和を守る」という安倍レトリックの空疎なひびき。ヘイトスピーチ・デモが内外から指弾されれば、待ってましたと脱原発行動を抱き合わせで規制しようとする。ズル精神に包囲されている。

だまされない。お人好しは返上。知恵と狡知、諷刺とリアリズム、一筋縄ではいかない大衆力を示したいものだ。

11月1日

朝日新聞バッシング考

福島第一原発事故をめぐる「吉田調書」や旧日本軍「慰安婦」に関する「吉田証言」の報道をめぐって、朝日新聞が苦戦している。この国を代表するメディアが窮地に陥るとはおもえないが、安倍政権発の時流に乗る保守／右翼系勢力が、言論のみでなく定番の脅迫行為をちらつかせてカサにかかっている。

問題の記事を書いたとされる元記者が教授あるいは非常勤講師を勤める大学および本人に悪質な脅迫が繰り返されている。「売国奴」「非国民」といった決まり文句、「（教授らを）辞めさせなければ学生に痛い目に遭ってもらう。釘を入れたガス爆弾を爆発させる」という恐喝。脅迫文ですまないのは、かつて朝日新聞をねらった「阪神支局記者殺害事件」「赤報隊テロ事件」などがあったことを想起するからだ。

ここにきて良識系の人たちからまっとうな声も上がっているが、時評子なりに思うところを書く。

他紙による朝日バッシングのねらいが読者シェアーの分捕り合戦にあることは見えやすい。では保守／右翼系の言論人／大衆が挙ってのバッシングのねらいは？　たとえば「従軍慰安婦」報道に関しては、この機を千載一遇のチャンスと見て、彼／彼女らの歴史事実抹殺願望を果たそうとしているのだろう。済州島で「慰安婦」を徴用したという吉田清治証言の誤報を利用して、強制性だけでなく「慰安婦」の存在を無きものにしようとしている。そういう言動が露出している。バッシング勢力にとって、「誤報」をめぐる朝日の対応の是非など眼中にないにちがいない。

時評子が朝日バッシングの跳梁を見るにつけ、まっさきにおもったのは、安倍政権発のきな臭い状況との関連だ。バッシングの究極のねらいは、戦争体制づくりの下拵《したごしら》えではないだろうか。いまは東京新聞にその位置を取って代わられようとしているが、保守政権と好戦派、右翼勢力にとって朝日新聞は目の上のたんこぶ。まずメディア／ジャーナリズムを籠絡すべし、というのが戦争体制づくりの鉄則。だから朝日つぶしに躍起になる。

朝日バッシングの正体は安倍政権の戦略かも。いくらなんでも〝うらよみ〟がすぎると眉をひそめる向きもあろうが、そこまで勘ぐってちょうどいい加減なのが、昨今の情勢だろう。

時評子は朝日新聞に義理はない。それでも声を挙げたい。がんばれ、がんばれ、ア・サ・ヒー……

御嶽山と自衛隊

時評子はウオーキングを日課にしている。約七キロ。途中、ストレッチとシャドウを入れるので往復八十分ほどの行程。外出日と悪天候はパスして週に平均四〜五日行なっている。

コースに沿って国土交通省一級河川・庄内川が流れている。冬の晴れ渡った日、堤防上に立つと北々東の方向に、冠雪して白い帽子を被ったような御嶽山が見える。

三千六十七メートルの御嶽山が噴火したのは、九月二十七日午前十一時五十三分頃だった。その日の午後、望んだ方角に御嶽山の姿は見えなかった。南の空に向けてながく漂っていた灰色の帯は、雲だったか、噴煙だったか。

十月十三日の新聞によると死者五十六人、不明者七人。亡くなった人の在りし日のエピソードを連日、紙面が伝えている。よく知る土地の人であるせいか、亡くなった人が知り合いのように思えるのが、不思議だ。

連日、難行する救助の映像が報道される。山岳救助隊、消防、警察そして自衛隊員。急峻な山岳に降り積もった火山灰に立ち往生する姿……。

七十七歳の時評子など及びもつかない難業なのに、なぜかホッとする。自衛隊員がそこにいて活動する姿に落ち着く。どこかの国で行軍する姿でなく、殺したり殺されたりもしていない、その情景に安堵する。

〈私は、わが国の平和と独立を守る自衛隊の使命を自覚し、日本国憲法及び法令を遵守し、一致団結、厳正な規律を保持し、常に徳操を養い、人格を尊重し、心身を鍛え、技能を磨き、政治的活動に関与せず、強い責任感をもって専心職務の遂行に当たり、事に臨んでは危険を顧みず、身をもって責務の完遂に務め、もって国民の負託にこたえることを誓います。〉

「服務の宣誓」文（自衛隊法五十三条、同施行規則三十九条）である。自衛官はこれを読み上げ、署名・捺印して入隊する。「日本国憲法及び法令を遵守」し、「わが国の平和」を守ることを誓って入隊する。解釈改憲による（平和を壊す）集団的自衛権の行使その他の「戦争法」は誓約に違反する。戦争する国づくりにまっさきに抗議したいのは自衛官ということになる。

「富士には月見草がよく似合う」と言ったのは太宰治だが、自衛隊には御嶽山がよく似合う。

12月1日

ノーベル平和賞の明と暗

二〇一四年十月十日、いくらかは望みを抱いていた。ノーベル平和賞候補に推薦された「憲法九条を保持している日本国民」。

時評子はノーベル賞を好きなわけではない。他部門はともかく（それらさえ政治的思惑から自由なわけではないが）、平和賞にはウサン臭さが付きまとう。その最たる例が佐藤栄作の受賞。核廃絶宣言をぶち上げたオバマ大統領の場合も、その実現過程を待って授賞すべきだった。分断された朝鮮半島で画期的な南北首脳会談を実現して6・15ピョンヤン宣言を発表した金大中大統領（当時）が受賞したとき、金正日総書記はなぜ除かれたのか。二人揃わなくては成立しない会談／宣言だった。朝鮮民主主義人民共和国の国家体制の是非（東西いずれに属するか）が露骨に差別化された。

「憲法九条を保持する日本国民」については、疑問もあった。九条維持を前提とする改憲／創憲派はともかく、九条解体／骨抜きを言挙げする好戦勢力が政界／財界だけでなく大衆のなかにもわんさといる。なのに「保持する国民」と括る資格はあるのだろうか。もし受賞した場合、代表して受賞式に臨むのは誰？　まさか！　安倍晋三ではお笑いのネタにもならない。

なので「日本国民」ではなく、最初にこの運動を提案した主婦鷹巣直美さん、または「憲法九条にノーベル平和賞を」実行委員会、または四十万人を超える賛同署名者に変えて、次回を期してはどうか。

それでも時評子がノーベル平和賞に期待したのは、おおげさな言い草になるが、毒を喰らわば皿までも。目には目を。ときに汚い手（？）を使ってでも九条を守りたい。それが本音だから。

九条を世界文化遺産に、という話が出たとき、〝遺産〟にしてしまってはダメだろうという意見が出た。しかし、世界文化遺産にすれば保存の義務が生じる。破壊すれば、世界の人びとからブーイングが起こるにちがいない。九条を守る手段には想像力も必要だ。

最後に断っておく。マララ・ユスフザイさんとカイラシュ・サトヤルティさんの受賞には（そこにさえ政治の影が皆無と言えないけれど）快哉を送りたい。

「女性活躍」劇の化けの皮

安倍政権が九月の内閣改造で五人の女性を任命して、あれよ、と言う間に小渕経産相と松島法相が、カネとウチワで辞任に追いやられた。好戦内閣では多少マシなほうの二人。

悪質なのは残る三人。二人のスキャンダルが騒がれているドサクサにまぎれて靖国神社を参拝した。高市早苗総務相、山谷えり子国家公安委員長、有村治子女性活躍担当相だ。これに片山さつき防衛委員会委員長を足せば、女性極右議員の四羽烏になる。

山谷議員は「在特会」メンバーと、高市議員は極右団体「国家社会主義日本労働者党」代表と記念写真を撮った、と取り沙汰されているが、記念写真云々の生やさしい話ではない。持ちつ持たれつの深い関係といったところが真相だろう。高市議員は、「河野談話」の見直しを求める「日本の前途と歴史教育を考える議員の会」のメンバーで、歴史改ざん派の先鋒役。片山議員にいたっては、衆目の認めるタカ派であって説明を要しないだろう。

彼女らは揃って性差別に〝寛容〟で、男顔負けの復古的な家族観と思想を堅持している。四羽烏こそ、退場させられないだろうか。


もうひとつの〝女工哀史〟


この時評ではコンパクトにまとめて書いているが、積み残しが出る。次の話は旧聞。旧富岡製糸場が世界文化遺産に登録されて、訪れる人が多いという。国宝にも指定されるらしい。そのことに異論はない。そのうえで気になることがある。

あの時代（明治〜）、そこで働いていた女子労働者たちの境遇は映画『あゝ野麦峠』のそれとは違っていただろうか。不衛生な職場と苛酷な労働環境で疲れ切って、肺を病んで、命を落とした娘たちはいなかったのだろうか。家郷に戻ることなく無縁仏同然に葬られるということはなかっただろうか。操業当初は創立者の夫人はじめ「上流階層」の婦人も携わったというが、絹産業を支えたのは、貧困のなかで「女工」になった女性たちのはずだ。

世界遺産を訪れる人たちがその「哀史」を思い浮かべることはあるのだろうか。その歴史をガイドしているだろうか。ある新聞記事を読んで、時評子はそんなことを思った。

明治時代に富岡製糸場で働いていた女性が、製糸場すぐ近くの寺に葬られていて、今頃になって縁類の人がそれを見つけたという。その墓には古里に帰れなかった女性六十人余が眠っているという。

2015年

「二人で一つの頭巾を被る」
（愚か者は群れたがる）

2015年1月1日

沖縄の民力に学べるか？

安倍政治の不快、自然災害の受難。暗雲におおわれた二〇一四年の列島だった。そのなかで原発再稼動ノーをめぐる司法の判断にかすかな薄日が射した。さらに光芒を放ったのが、沖縄県知事選と名護・那覇市長選の勝利。

三十六万八百二十――新知事・翁長雄志さんの得票数である。次点（仲井真弘多）に九万九千七百四十四票の大差をつけて、有効投票数の51・6％を占める。

十万一千五十二――辺野古新基地建設に反対して那覇市長に当選した城間幹子さんの得票数。こちらも対立候補に四万三千二百八十四票の大差をつけた。

翁長氏については、過去の経歴を疑問視する声もあった。沖縄自民党の要職を務めた保守系政治家で仲井真氏に近い人だったからだ。時評子の友人にも、当選後の変節を危ぶむ者がおり、支援団体は「誓約書」を交わすべきだという意見だった。危惧はどうあれ、翁長さんは辺野古移設にＮＯを公約しているのだから多少のグレーゾーンはあっても、まず選挙戦を優先させるべきだ、選挙は勝たなければ意味がない、一票差であっても負けたら元も子もない――というのが時評子の意見だった。

そうして、一点突破！　沖縄県民は、基地反対の宿望を込めて翁長氏を支持した。仲井真氏の背信に怒りの断を下した。

今回の選挙戦のなかで新鮮な響きを持って聞かれたことばがある。「沖縄アイデンティティ」。沖縄のことは沖縄で決める。自主と主体による決定権。沖縄(人)の存在根拠を証明しようとする意思。選挙結果は「沖縄アイデンティティ」の勝利でもあった。「独立自治構想」には県民のあいだに賛否あるとはいえ、前進するのではないだろうか。選挙結果がその意思表示であったことは間違いなさそうだ。当選後も新知事は「ぶれずに約束を実行する」と確言した。一方、選挙結果が出るや早々に菅官房長官は「政府の方針に影響はない、粛々と工程を進める」とうそぶいて、蛙の面に小便。安倍政権のカネと脅しの沖縄イジメが続くだろう。(法的正当性をふくめて)埋め立て容認撤回の闘いが、これから始まる。問題はヤマトだ。この文章を書いている十一月三十日現在、衆院選の結果は分かっていない。どのようなかたちであれ、安倍政権に鉄槌を下して退場させることができるか。あるいはまたぞろ、戦争のできる国づくりになりふりかまわず突っ走る超危険政権を延命させるのか。

今回の大義なき解散/選挙が、吉田茂内閣以来の(党内の対立勢力つぶしもふくめた)自民党政権お得意の延命策であることは、巷に暮らす時評子にも察しがつく。その裏ワザが吉と出るか、凶と出るか、有権者にかかっている。いずれにしても、延命策が効を奏したら、この国の二〇一五年は嵐の前触れの暗雲に覆われる。

忘年から望年へ

越年まで一ヵ月、区切りの文章で今年を収めたい(実際のところ区切りなどない連続する時代状況だが)。

「十大ニュース」なるものが報道される。国内外を問わず個人と関わりのない出来事はないけれど、それは新聞・テレビに任せることにする。

読者のみなさんもご自分と身辺に幸運／不運をさまざま体験されたにちがいない。時評子も胸を痛めること、気持のあったまることがあった。さいわい不幸と呼ぶほどの大事はなかった。

八月に長編小説『クロニクル二〇一五』を一葉社から刊行できた。十月一日号（本書138頁）でもマクラに書いたけれど、『夢のゆくえ』以来の小説単行本化なので個人的なトピックとして記させてもらう。四百字詰め四百枚前後の小説は書いてきたけれど、七百六十枚は初体験。政治諷刺近未来レジスタンス小説、と欲張って勝手に呼んでいる。

さいわい日刊紙でもあちこち紹介されて広告料を使わずに宣伝できているが、売れる本ではない。コツコツと広めるほかない。人民の力東海の岩田菊二さんの協力にはすごく助けられている。

望年二〇一五についても書かなくてはならない。新春早々に評論集『変容と継承――〈在日〉文学を探索する』（仮題）が、新幹社から出る。〈在日〉文学は戦後七十年、いま停滞していて「在日朝鮮人文学の黄昏」といった声さえ聞かれる。そこで危機感もあり、『〈在日〉文学論』以降、十年のあいだに雑誌に発表した主要なものを収録する。〈在日〉文学は一九七〇年代以来、時評子が文学のホームランドとして支えられてきた世界である。

宣伝めいた一文になってしまった。ともあれ、二〇一五年もこの国の不条理にますます楯突いていくしかない。一喜一憂せずに、コツコツとしぶとく。

読者のみなさん、新しい年の福をいっぱいお受けください。

2月1日

フシギの国の人びとの不思議

書くのも気が重い。昨年十二月十四日〝強行〟された衆院選のことだ。

時評子は現在、満七十七歳。ダブル・ラッキーセブンである。加齢にともなう「漠然とした不安」は人並みにあるが、ひょっとしていいことあるかも、と戯れに思ってみる。ところが、漠然どころか「余りにも明白な不安」があからさまにあらわれた。

小選挙区の得票48％で議席75％の自民大勝。小選挙区制が導入された九六年以降、一政党が連続して単独過半数を得たのは初めて。中選挙区制時代を含めても八六年、九〇年に自民党が連覇して以来。逆に言えば、有権者の〝平衡感覚〟が示されてきたとも言える。安倍政権の好戦型暴走と（それと連動する）壊憲策動、原発再稼動、社会保障の劣化、十二万避難民の放置その他の棄民政策によって、この国の人びとの命運がかかるこの時期になぜ？

選挙制度問題、政治権力とマスコミが結託した争点隠し、過去最低の投票率――など自民大勝の理由が挙げられる。しかし、外部にゲタを預けて済ませられない。課題はわたしたち有権者／大衆の内部にこそありそうだ。

だからといって、〝安定〟を選ぶ有権者／大衆の保守意識と若者の無関心を言挙げしてもラチは明かない。根はもっと深い。戦争に対する想像力の欠如と忘却癖、歴史と未来に対する無責任。そんな病み／闇が、目覚めることを嫌って無意識の深層に眠っているのかもしれない。
大衆同士が友情を込めて頬をたたきあう時が今ではないだろうか。

もし天皇が戯画化されたら……

こんな時こそ、空虚な「希望」の連呼ではなく、われら大衆の粘り腰を発揮する好機なのだと思ってみても、なかなか「うらよみ時評」の憎まれ口を一服させてくれない。

朝鮮民主主義人民共和国の金正恩第一書記の暗殺計画を描くアメリカ映画『ザ・インタビュー』をめぐるサイバー攻撃が起きた。フランスの風刺週刊紙『シャルリエブド』がイスラム教の預言者ムハンマドを戯画化（侮辱）したとして、編集長、漫画家ら十二人を殺害する銃撃事件が起きた。

『ザ・インタビュー』へのサイバー攻撃は、ＦＢＩによって「北朝鮮」の犯行と発表され（真相が明らかになるのは二、三十年後？）、オバマ大統領がそれを断定して米国中が「表現の自由を守れ」の大合唱になった。「北朝鮮」のネットにも報復らしい攻撃がなされた。そして決行された上映の初日興行収入は一億二千万円とのこと。

一方、シャルリエブド銃撃事件のほうは「表現の自由を守る」「テロには屈しない」の大合唱が世界中に巻き起こり、ＥＵの首脳たちが先頭に立ってデモをした。犯人と目されたアルジェリア系フランス人兄弟は射殺された。犯人と名乗って警察に出頭した高校生は、事件のとき授業に出席していたことが判明、釈放されるというミステリアスな話もある。

ここでサイバー攻撃やテロ殺人について書くつもりはない。それらが犯罪であることは自明なことだ。「表現の自由」も真理にちがいない。

しかし、待てよ……。ことばの暴力を振り回してヘイトクライムに明け暮れる連中、それを隠然と底支えする大衆感情、そこで主張される「表現の自由」って、なんだろう。他者を傷つけ葬ろうとする「自由」ってなんだろう。

時評子は考えざるを得ない。天皇を戯画化（侮蔑、揶揄）する映画／漫画が登場したら、「日本国民」はどんな反応をするか。国民こぞって「表現の自由」を叫ぶだろうか。

鉄の右腕が帰ってくる

時評子は球団結成以来の広島カープファンである。初代エースで獅子奮迅、弱小チームの勝ち星を稼いだ長谷川良平が同じ田舎町の人で、中学生の頃キャッチボールをしてもらった。赤ヘル旋風で熱狂。広島の、市民球団、というのも理由のひとつ。

大リーグで投げた黒田博樹が広島カープに帰ってくる。剛健な肩、壊れない身体、投げるほどに球威の増すスタミナ、投手なのに俊足。タフがユニホームを着たような男だ。それでいて与四球が大リーグ通算で九回当たり2・0という精密さ。日本人大リーガー初の五年連続二桁勝利は特筆ものだ。

昨年のカープは惜しくも涙をのんだ。今年こそリーグ制覇、日本一の期待がふくらむ。マエケンとの二枚エースで、可能性は充分にある。

黒田博樹。再契約を望んだヤンキースに残留すれば年俸は約十九億二千万円、広島では年俸四億円＋出来高払いの一年契約、目のくらむような条件差だ。それでも渡米前の「また広島に戻る、恩返しのために」との約束を守ったのだから、泣かせる。ナニワ節とは言えない。商品化する選手市場に対する彼なりの抵抗なのかも。

3月1日

飛んで火に入ったアベノ罪責

「イスラム国」（呼称はこのまま使う）に拘束されていた日本人二人が殺害（処刑）されたようだ。戦争請負業の湯川遥菜さんとフリージャーナリストの後藤健二さんだ。

後藤さんの活動とジャーナリスト精神に対する共感と賛辞は連日、報じられた。悼む声も多く語られた。時評子も彼の報道活動の良心を疑わない。

気になるのは湯川さんに関する報道だ。拘束されてから死が迫るまでのあいだ、彼の素性は散発的にしか語られなかった。そして殺害が明らかになるや、その存在が消されるように報道の舞台から遠のいた。そのいきさつに時評子は胡散臭さを感じる。紛争地に向かう民間軍事業の存在、それを差配する（政治）勢力の影、それらもろともに臭いものに蓋、いや闇に葬ろうとの何かが働いていはしないか。

二人の死についてさらにウヤムヤにしてはいけないのが、安倍首相の責任！　罪過といっても言い過ぎではない。このことは心ある人びとからすでに声が上っている。

首相は二十六人もの軍事関連企業（戦争関連企業／死の商人）の幹部を引き連れて、兵器セールスと〝友だち〟づくりのバラマキ作戦のために中東へ行った。エジプトでの演説で「イスラム国」対策のために二億ドルを供与すると表明。すでに国際社会では自明とされている、アメリカとの軍事同盟国（十字軍）を表明したのも同然で「イスラム国」を刺激した。それに対する応答が同額二億ドルの身代金要求だった。相手側は要求を二転三転させて、危機感は他人任せのまま強まる。

確かなパイプを持つといわれるトルコではなくヨルダンに下駄を預けて、人質解放交渉を進めるさなか、首相は「わが国はイスラム国に屈しない」「テロとは断固、闘う」「許し難い暴挙」と連呼、威勢のいいところをみせて国民受けをねらった。あの段階で安倍首相は、命より「恰好」を優先させたと言わざるをえない。二人の死が報じられたあとに安倍首相は「罪を償わせる」とのコメントを発表。相手は「宣戦布告」と受け取ったようだ。

安倍首相の言動をみると、狙いをうらよみできる。人質／殺害事件を奇貨として、邦人救出に名を借りた自衛隊派兵の当為性を国民に納得させる。「秘密法」を最大限利用する。「集団的自衛権」などの安保法制を好き勝手に肥大させて、「テロ戦争」に邁進するアメリカそのほかの国々とともに自衛隊を戦わせる。そのために安倍政権の前にコウベを垂れ、あわよくば拍手喝采を送る国民的空気を作り出す。すでに彼の脳裏からは二人の死は掻き消えて、そんな狙いに突き進んでいるのかもしれない。これは彼の政治態度／思想から導き出された推理でもある。

国会審議のさなかである。テレビニュースで流された、首相の施政方針演説の一場面を想起しよう。自己陶酔まるだしのアジテーションの情景を。二人の死を悲しむ余韻などツユほどもなく、得意満面の風姿を。

「戦後以来の改革」「批判の応酬はやめて一丸となって、改革断行を」。例によって口当たりのよい空疎な言葉を威勢よく叫ぶ。その瞬間だった。議員席から、どっと歓呼の声が議場にどよもした。どこかで目にした光景では？　そう、映像で見ることの珍しくない、ヒトラーの演説と議会の風景。

そうして、国民が酔わされていく。

安倍晋三が張りぼてから正真正銘のファシストになるまえに、退場させなくてはならない。彼を救うためにも。

それにしても、次の言葉が示す思想は安倍首相の言動とあまりにも非対称だ。「(息子の死が伝えられたあとで) 今はただ、悲しみ悲しみで涙するのみです。しかし、その悲しみが「憎悪の連鎖」となってはならないと信じます。「戦争のない社会をつくりたい」「戦争と貧困から子どもたちの命を救いたい」との健二の遺志を私たちが引き継いでいくことを切に願っています」(母・石堂順子さん)。

事件のあと、ヨルダン軍が「イスラム国」支配地に数日間で五百回以上の空爆。アメリカと「有志国連合」は地上攻撃を決行の構え。安倍政権は「人道支援」の続行を声高に叫ぶが、政府開発援助の基本方針を定めたＯＤＡ大綱に代わる「開発協力大綱」を閣議決定、他国軍隊に対する援助を（限定付きながら）可能にした。ただでさえ「人道支援」の使途が疑われていたのに、「支援」が軍事分野に転用される危険が高まった。

日本国内にあるモスクでイスラム教徒に対する脅迫、嫌がらせ行為が相次いでいる。「イスラム」とはアラビア語で「平和」の意味。教徒の皆さんが街頭に出て、「イスラム国」の行ないは「コーランの教えに反する」と訴えている。その見境いも解からずにレイシズムに踊る日本人とは何だろう。この国の「民度」が危ない。

わたしたち大衆の在りようが正念場に立っている。

4月1日

こわーい話は陰に隠れて

たとえばボクシングの場合、ボディ攻撃は派手でもなく相手へのダメージも見えにくい。しかし徐々に相手を弱らせてKOにつながる。観客はその局面になってボディブローが効いていたことに気づく。安倍政権の戦争政策にはそれに似た策略が使われている。ボクシングは反則ルールもきびしく、攻撃防御ともに理にかなった科学的スポーツなので、安倍政権の手法に喩えてはボクシングに失礼ではあるが。

「秘密法」や集団的自衛権行使を可能にする「安全保障法制」（戦争法制）の正体は、わりと見えやすい。「武力攻撃発生事態」「切迫事態」「予測事態」などの解釈を好き勝手に改変。自国が攻撃されていなくても、武力攻撃を可能にする。アメリカ以外の国とも軍事行動を共にする。地理的な制限をとっ払う。三年連続増加する防衛（軍事）予算——それら見えやすい戦争政策には比較的、NOの声を挙げて運動を大衆化できる。

問題は、陰で姑息に進められているあれこれだ。

すでに半世紀近くのむかしになるが、学生たちの「産学共同」反対の提起がなつかしい。アカデミズムと産業界の癒着に対する異議申し立てだ。

いまや「産学」どころか「軍学共同」が進行している。防衛省の機関と研究協力する大学名だけを挙げる。東京工業大、東洋大、横浜国立大、慶応大、九州大、帝京平成大、千葉工業大など。ご多分にもれず民間研究機関も顔を並べて、話題の理化学研究所も。

東京大学はこれまで軍事機関と連携する研究を絶ってきたが、ここにいたって「すべて禁止」の規則を外したという。学術研究の平和理念を放棄したということか。

「防衛」権力が大学の研究資金難に付け入っているのか、貧すれば鈍するで大学側がしっぽを振っているのか、どちらにしてもアカデミズムが危ない。

アベ・ミリタリズムの外堀固めはほかにも進んでいる。

武器や軍事装備品の輸出入を一元管理する「防衛装備庁」（仮称）を発足させる目論見。軍事企業（死の商人）と協力して海外展開し、大学などの研究機関と技術協力するためだ。

もうひとつ。軍部暴走を戒める弁明に重宝してきたシビリアンコントロールさえも危うくなった。自衛隊制服組の権限を背広組と同等に格上げする防衛省設置法〝改正〟。（国軍の）最高司令官はわしだ、とうそぶく好戦型首相にかかったら、「文民統制」などもともと絵に描いた餅かもしれないが。

「集団的自衛権」などの大花火を目眩ましにして、前記のような網の目が着々とめぐらされている。たとえば小説などはディテールの描写が〈リアリティ〉の担保になる。それを裏返して喩えれば、政治批判／闘争も見えにくい細部に目を注いで進めたい。

事態発生！　さあ、たたかおうとした時には、何重にも張りめぐらされた網の目にからめ取られ、根こそぎ自由を奪われて、リングの上ではなく「戦場」の真っ只中に立たされていた、そんなことにならないために。

白鵬バッシングの怪と「真相」

大相撲の春（大阪）場所がたけなわである。横綱白鵬が大鵬の三十三回優勝を抜いて新しい記録を打ち立てるか。現在のところ白星をかさねている。

白鵬の取り組み後、メディアが群がっている。取材の関心は、どうやら白鵬が「謝罪」のことばを口にするかどうからしい。初場所千秋楽翌日の記者会見で、稀勢の里と取り直した一番について横綱は（自分が勝っていたのは）「子どもが見ても分かる」と、審判員のジャッジを批判したという。

発言の当否は措くとして、メディアの鈍感は噴飯ものだ。場所の真っ最中、力士は土俵の一番にその日の全神経を、いや二ヵ月にわたる稽古の集大成を一番に賭ける。場所中の土俵外ネタはご法度だ。ましてやスキャンダルめいたそれは。スポーツ記者なのにそれがわからないのだろうか。取材する者の資質か、メディアの病理か。

白鵬の振る舞いに「注文」をつける報道は、審判員批判発言の以前からあらわれていた。何が起こっているのか？　相撲道とか、横綱の品格とか、日本の伝統文化とかに同化する白鵬の言動を持てはやしていたのとは、急変。

外見とはうらはらに、白鵬は日本籍を取得する気はないらしい。天皇を敬う発言は一種のリップサービスであったか。日本の王に帰依する帰化は、しないらしい。親方株の権利を放棄してでも。

事の「真相」を読み解けば、そんな白鵬の信念がマスコミの排他的ナショナリズム／ニッポン主義を刺激したらしい。〈在日〉と協働する活動のある会議で一様に上ったのは、「在日には白鵬の気持ちがよくわかる」。

横綱はいま、心憎いほどの強さとは別の土俵で、とくだわらに残ってこらえているのかもしれない。彼に朝青龍の二の舞を踏ませてはならない。

5月1日

国家権力に対峙するとき

人が毅然と国家に抵抗するとき、それは美しく、かがやく。「国益」を騙《かた》る権力の不条理に諾々と平伏する光景を見慣れた目には、あらためてそのことに気づかされる。

四月五日、翁長雄志沖縄県知事と菅義偉官房長官の会談が、那覇市のホテルで実現した。これまでの露骨な玄関払いが世間の目（世論）にあきらかな沖縄差別と写り始めたからだろう。それにしても、行事のための訪沖に合わせて、会談場所も県庁舎ではなくホテルにするなど、幼稚なメンツにこだわるものだ。

報道によると、翁長知事は会談でおよそ次のような主張をしたという。〈国が沖縄で（基地を）負担しろということ自体、政治の堕落だ〉〈名護市長選、知事選、衆院選で辺野古基地反対の民意は圧倒的に示された〉〈工事を中止して話し合うべきだ。安倍首相との面談を求める〉

これに対して菅官房長官は筋の通らぬ、のらりくらり。彼（政府）は、米日同盟の抑止力維持と普天間の危険除去（返還）のためには辺野古移設が唯一の解決策と、二者択一に固執する。近隣諸国との対話／平和外交をサボりつづけて、なんの抑止か。米日軍事同盟こそ危機事態を招くと危ぶまれているのに。「普天間」か「辺野古」かの二者択一を迫る手法はレトリック以前の詐術だ。それこそ知事の言う「政治の堕落」だろう。「普天間」も「辺野古」もダメという、民意に対する「国家の不実」。

彼（政府）は、かつて知事と名護市長が移設に同意したと、十六年前の古証文を持ち出す。さらに二年前に知事が埋め立てを承認した、と。その仲井真知事にNOを突きつけたのが、いま・ここを生きる沖縄の人びとの意志／選択なのだ。それを見ない振りする彼（政府）の脳神経と思考回路は、一体どうなっているのか。最近、保守言論やネトウヨ言説を指して「反知性主義」と呼ばれるが、その見本がここにある。

そして、話題をさらった「粛々」発言。沖縄の民意がどうあれ、辺野古の工事を「法令に基づき粛々と進める」との趣旨だ。

ちなみに手もとの『広辞苑』をめくってみた。〈しゅく・しゅく【粛粛】①つつしむさま。②静かに

ひっそりとしたさま。③ひきしまったさま。④おごそかなさま。「葬列が――と歩む」〉

どの字義も官房長官の腹のうちにある「粛々」とは、ずれる。

「粛々」は、安倍首相をはじめ主に閣僚が野党や世論の反対や抗議を受けたとき、しきりに用いる。いまや政治権力の紋切り型、常套句に堕してしまった感がある。「原発の再稼動は粛々と進める」「安保法制の整備を粛々と進める」「改憲論議は粛々と進める」などなど。

「粛々」とは元来、おごそかなうちにもやわらかい響きを持つ、いい言葉だ。ところが政権は、強権的に事を為すにあたってそれを横領、改ざんして、問答無用の〝凶器〟に使う。いつ頃からそのような手口で多用されることになったのか。自民党政権が曲がりなりにも議会制民主政治を標榜した時代には、この〝凶器〟はそれほど使われなかったはずだ。保守本流思考を思考停止の右翼型政治が凌駕するにつれて伝染しつつあるように思う。

翁長知事が、「粛々」の正体を見事にあばいた。「粛々という言葉には問答無用という姿勢が感じられる。上から目線の粛々という言葉を使えば使うほど、県民の心は離れて怒りは増幅される。絶対に新基地を建設することができないという確信を持っている」。米統治下に「琉球において自治は神話」と暴言したキャラウェイ高等弁務官を引き合いに出して、そう断言したという。会談後の記者会見でも、その姿勢を貫いていく決意を語ったという。

紙数がせまっているので以下、会談における翁長語録を記す。

〈沖縄はみずから基地を提供したことはない。普天間もそれ以外の基地も全部、戦争が終わって県民が収容所に入れられている間に、銃剣とブルドーザーで基地に変わった〉

〈四月二十八日は、沖縄にとっては日本と切り離された悲しい日（屈辱の日）だ〉

〈（安倍首相の決まり文句に対して）取り戻す日本に沖縄が入っているのか疑問。（首相は）沖縄で「戦後レジームの（脱却ではなく）死守」をしている〉

〈県民のパワーは祖先に対する思い、子や孫に対する思いが全部重なり、一人一人の生きざまになっているので、（新基地の）建設は絶対に不可能だ〉

翁長知事と菅官房長官（政府）がテーブルを挟んで会談する写真を目に焼き付けた。片や背筋を伸ばして毅然と、片や右手をテーブルに置いて傾き加減。その構図が正と邪を語っている。

安倍首相は、いつ沖縄へ飛ぶか。米議会で演説をして悦に入ってる場合じゃない。

6月1日

司法に微光は射すか

この「時評」も五十回になった。口舌の非力は先刻承知ながら、権力に楯突き、国／社会の不条理にNOを言い、あわよくば危機への警鐘になれば、と書いてきたつもりである。はたしてそうなっているか。似て非なる愚痴に堕してはいないか。

今回は一条の光を求めて、関西電力高浜原発3、4号機の再稼動差し止め訴訟から書く。四月十五日、福井地裁が運転を禁じる仮処分を決定した。▽想定を超える地震が来ないとの根拠は乏しく、想定に満たない場合でも冷却機能喪失による重大事故が生じうる。▽原子力規制委員会の新規制基準は合理性を欠き、適合しても安全性は確保されていない。▽原発運転により住民の人格権が侵害される具体的な危険がある――など、決定の理由は明解だ。判決文を書く裁判長の脳裏には、福島の惨状がありありと蘇えっていたにちがいない。

昨二〇一四年五月に大飯原発3、4号機の運転禁止を命じたのも、同じ樋口英明裁判長だった。人の命と原発のコスト、利便性を秤にかけるなど、そもそもあってはならないことだと喝破した。その言葉はいつまでも記憶されるだろう。

国を相手取った裁判において市民が勝利することは、とても難しい。司法も国家権力の一翼であり、三権分立とは言っても政治権力の力は絶大であり、司法はしばしばその顔色をうかがう。時には〝国策〟のシモベに成り下がる。法の正義と良心に従って国家権力を諫《いさ》める判決を下す時、裁判官が辞表、あるいは「遺書」を用意して法廷に臨む、という話は一度ならず聞いている。

当該裁判官が、弁護士に転進することもなく、ましてや「遺書」など書くことのないよう、心から祈りたい。

朝、目ざめたら突然、壊されている

この時評はやっぱり、やさしい顔をしていてはいけないようだ。

いわゆる安全保障法制が、なりふりかまわず暴走している。渡米中に安倍首相が、日本に国会などなきがごとく法律の成立時期を表明（約束？）。日米が外務・防衛閣僚の2＋2会合を開いて、「安保法制」の論議などどこ吹く風と、新々ガイドラインを決定。この原稿を書いている今、関連法案を閣議決定、衆院に提出している。一つは、これまでの軍事関連法十本をひとくくりにして、自衛隊が他国軍の活動に「いつでも」「どこにでも」「歯止めなく」参加してドンパチできるという法案。名付けて「平和安全法制整備法案」。二つは、自衛隊を随時、派遣できる「国際平和支援法案」。どれも被害妄想か、為にする想定が根拠。集団的自衛権の行使を全うするための法律だ。

思わず吹き出してしまうのが、そのネーミングだ。「平和」「安全」「国際」の文字が踊る。もはや政権の騙《だま》し技も、戯画というよりやまいに近い。法案が戦争実行法であることは、誰にもわかる。なのに騙しが効を奏すると信じているとしたら、逆ポピュリズムという大衆蔑視に違いない。国粋主義菌と従米菌が混ざり合うと、こういう合併症をひきおこすのだろうか。

それにしても、公明党とは、何だろう。選挙基盤である創価学会の人は、連立の役割を「自民党の暴走に歯止めをかける」ことと言う。与党協議なるものが自民党に巧く利用されて、連帯責任の証文に押印しているだけの茶番劇であることに、気づいてほしい。

巷でおしゃべりすると、この国の右傾化とキナ臭さを心配する人は少なくない（中国や朝鮮に対するヘイト（憎悪）思考に感染して、富国強兵現代版みたいなことをまくし立てる人もいるが。国会質問で「八紘一宇」を礼賛した三原某議員の親戚みたいな人も）。

では、この状況にNOを表明しよう、身の丈に合った行ないをしてみよう、となると、最悪事態はまだ先と思っている。徴兵制はいくらなんでも国民が許さない、と思いたがっているようだ。二重基準は知恵の一つだが、歴史の堰は徐々に蝕まれて、朝めざめたら突然、壊されている。フランツ・カフカの『変身』みたいに。

時評子はノンフィクション作家・吉田司を愛読している。中日新聞に「週刊 読書かいわい」という欄があって、そこで彼が古賀義章著『アット・オウム』(ポット出版)という本を取り上げている。孫引きのパクリで気がひけるが、四十代男性元オウム信者のことばを引く。

〈麻原さんは安倍首相とダブってみえます。景気が悪かった日本を立て直すためにアベノミクスという教義を持ち出して、日本人はそれを信じて邁進《まいしん》しています。近隣諸国と敵対しているような状況を作り出し、戦争の準備を始めています。武装化という意味でもそっくりではないでしょうか〉。

吉田司は麻原彰晃の〈戦慄の予言〉を想起して「麻原こそ最初の積極的平和主義者ではなかったろうか」とエッセイを結んでいる。

7月1日

「やわらかいファシズム」はああ言えばこう言う

この国のかたちを根底から変えようとしている「戦争法案」(「安全保障法案」)。国会論戦が正念場をむかえている。法案のデタラメさが、大衆の目にも明らかになりつつある。今回は、政治権力に表われる言葉の軽薄、無責任、堕落について見る。それは法案の中身の不合理を証し立ててもいる。

二十年前、オウム真理教の〝広報〟を皮肉って「ああ言えばジョーユウ」ということばが流行った。どうやら今、政府はそれに倣っているらしい。

法案について「基本的にそうだが、例外もある」「例外もあるが、基本的にそうだ」「一般的にそうだが、例外のあることを否定しない」「総合的に判断して（政府が）決める」「（私の）説明は正しい、私は総理だから」。巷で市民が交わす約束においても役に立たない、抽象、空疎、責任ぼかしに躍起になっている。さらに野党／市民の追及に対する口癖が「批判は当たらない」の紋切り口上。権力はそれで民をごまかせるとタカをくくっているらしい。

しかし、ご愛嬌では済まない。

首相・官房長官・防衛相らは、「安保法制によって戦争に巻き込まれることはない」と口を揃える。戦後七十年の歴史がそれを証明していると鼻を高くする。自衛隊創設や日米安保条約改定の際、「戦争になる」と反対の声があったが日本は戦争しなかった、というのが「歴史の証明」ということらしい。吊では七十年間、日本が（間接的な〝参戦〟はともかく）直接戦争することを免れてきたのはなぜか。吊り橋を渡るようにしてではあったが、保守派も含めて憲法九条を尊重してきたからだ。それを解釈壊憲によってズタズタにしておいて、「ああ言えばジョーユウ」を決め込む。それを巷では、盗人たけだけしいと言う。

見えすいた欺瞞によって国民を誑《たぶら》かせると思い込んでいる性根が、政治の堕落。「歴史の証明」を言いたいなら、護憲派に転向してから言ってほしいものだ。

解釈壊憲による戦争法制構築のアリバイに使うのが、「時代の変化」。時代の変化に合わせて憲法などいかようにも解釈できる、というのだ。防衛相の「法案に適応するように憲法を判断した」式の発言はホンネだろう。

安倍政権が憲法解釈の基準として持ち出すのが、「安保環境」の「変化」。

そもそも「安全保障環境」って何か？「変化」の実態は何か？ 議論はろくすっぽ成されないまま、中国や朝鮮の〝脅威〟に脳機能と感情を支配されて納得させられてはいないか。中国の海洋進出や朝鮮の核開発などを指して「変化」というのだろうが、はたして戦争法制によって解決できるものなのか？ ややこしい話は措いて、尖閣の国有化を廃して元に戻す、隷米軍事体制を解いてアジア重視の隣国平和外交にシフトする、朝鮮共和国に対する敵視を止めて正常化のために対話のレールを敷く――それがまっとうな手法ではないか。素人考えをあなどってはいけない。この国の政治が正気を逸している今だからこそ、シンプルで率直な思考と感性が求められている。

衆院憲法審査会で、自民党推薦を含む三人の憲法学者がこぞって、「安保法制関連法案」を見事に「違憲」と断言した。閣僚や党三役があわてふためいた。党内の引き締めが必要だ、などとピントはずれなことを言っている。当該の学者を推薦した事務方が大目玉を食らって〝処分〟されているだろう。

この件でも、首相、閣僚、法案協議の張本人高村自民党副総裁らが、「ああ言えばジョーユウ」を連発している。菅官房長官などは、法案を合憲とする憲法学者はたくさんいる、と余計なことを言って、名前を挙げて公表できたのは十名。一方、「違憲」を唱えて集う憲法学者は二百名を超える。それで彼の反論がふるっている。「数の問題ではない」。数を恃《たの》んでやりたい放題している当の人物がそれを言うの？　もはや喜劇を通り越して悲劇。

「学者は現実に疎い、それでは政治はできない。憲法判断は学者ではなく政治が決める」と強弁するにいたっては、言論を装った、典型的なファシズムの論理。憲法専門家の批判に対抗してすがりついたのが、「司法の判断」。判例として「砂川裁判」の一九五九年最高裁判決という古証文を箪笥の底から探し出した。御用学者の入れ知恵だろう。ところが、同判決は「集団的自衛権」には一言半句もふれていない、審理過程で問題になった形跡もない。しかも、当時裁判長でもあった最高裁長官が、判決前に一審違憲判決を破棄するとアメリカ側に伝えていたという。何をか況《いわ》んやである。

屁理屈のボロがかくもボロボロと出てくるシーンは、政治（家）の堕落史として後世に残るにちがいない。

悲憤慷慨、嘆いているばかりでは埒が明かない。いま安倍政権はせっせと墓穴を掘っているのかもしれない。政権崩壊は大衆の行動にかかっているとはいえ、いまこそチャンスだ。

8月1日

原稿を書き終えたとたん、衆院本会議で「戦争法」強行可決の報が入った。急遽、記しておくが、いまは細かく書かない。闘いは、まだまだ続く。

飼い犬に咬まれた？　安倍首相

自民党若手議員が六月二十五日、作家の百田尚樹を招いて勉強会なるものを開いた。名称は詐称っぽい「文化芸術懇話会」。メンバーには党の青年局長、総裁特別補佐、官房副長官などもいて、安倍首相の国粋系思想に心酔する面々四十名ほどらしい。

そこで交わされた質疑の、特にひどいフレーズをピックアップする。

「マスコミを懲らしめるには広告料収入をなくせばいい。経団連に働きかけてほしい」（議員）

「沖縄の特殊なメディア構造をつくったのは戦後保守の堕落だった。（沖縄タイムズと琉球新報が）左翼勢力に乗っ取られている現状において、何とか知恵をいただきたい」（議員）

「二つの新聞は潰さないといけない。沖縄のどこかの島が中国に取られれば目を覚ますはずだが、どうしようもない」（百田）

これらの発言に対して「報道の自由侵害」「言論弾圧の発想」「民主主義を崩す」と、当然の批判が上がった。それに対する言い逃れが例のごとく「誤解」「曲解」のことばを並べて、「オフレコの冗談のつもりだった」「政府批判するマスコミを潰したい気持ちは変わらない」と開き直る。安倍首相は「物言いに配慮してほしい」と諫めたつもり。

「頭隠して尻隠さず」。ホンネちゅうのホンネがまるごと露見したのだ。沖縄差別という根っこの意識と劣悪な心理をともなって。

「（米軍普天間飛行場は）もともと田んぼの真ん中にあった。基地のまわりに行けば商売になるということとで人が住みだした」（百田）とも述べたという。開いた口がふさがらない。戦前まで宜野湾村役場は現在の滑走路近くにあり、琉球王国以来、地域の中心地だったという。沖縄戦で住民が難を逃れた隙に戦後、銃剣とブルドーザーで米軍基地が作られた。

無知か意図的か、「誤解」「曲解」するのは、どちらの誰なのか。ネトウヨ顔負けの（いや、二人三脚の）思考に自縛された、知性度ゼロ系の「若手議員」。その彼ら彼女ら（女性議員も出席）に〝講義〟する同類の講師。ひょっとすると、政治（家）の劣化が、安倍政権の自壊を予兆しているのかも。そうだとすれば、功労者は安倍首相子飼いの子分たちということになる。

〝謝罪〟答弁で安倍首相いわく、「安倍に対する批判が高まっている。それが民主主義が保証されている証拠だ」。理屈がまるで逆立ちしている。安倍政権下で民主主義が危機に追い込まれているから批判が高まっているのだ。それが解かったうえで政略的にさかだち論理を弄しているのか。心底で言ってるのなら、この親分にしてこの子分あり。

突然、戦国乱世の時代の書を引き合いに出して恐縮だが、甲州流軍学書『甲陽軍艦』に、国を滅ぼし、家を破る大将の四タイプが記されている。バカなる大将、利口すぎる大将、臆病なる大将、強すぎる大将――現下の日本国大将はどのタイプだろう？

世界遺産の、はてな？

「世界遺産」とは、国連教育科学文化機関（ユネスコ）が人類共通の財産として保護する歴史的建造物や生態系。文化、自然、複合遺産の三種類がある。その「文化遺産」として「明治日本の産業革命遺産」の登録が決まった。九州を主に八県にわたる二十三施設だ。

登録に先立って、ユネスコの諮問機関・イコモスが勧告した。そのとき時評子が即座に思ったのは、これはクレームがつくぞ。案にたがえず韓国から異議が唱えられた。「遺産」のなかには通称・軍艦島、三池炭坑はじめ日帝時代に朝鮮人を強制労働させた施設／現場がいくつか含まれている。

抗議に対して日本政府は、一九一〇年までに造られた施設に限られている、と弁明。まるで説得力がない。施設は一九一〇年になくなったわけではない、その後も膨張して強制労働の事実は消えない。植民地支配の罪過と責任をもみ消したい下心が透けて見える。

つばぜり合いのすえ、いったんは日韓両国が妥協点を見出したかにみえた。ところが「合意」をめぐって対立。「forced to work」との表現を日本側は「働かされた」と訳し、韓国側は「強制労役をした」との意味と主張。

ことは単なる字句解釈の問題ではない。歴史の事実が根っこにある。歴史認識を故意にずらして非を認めようとしない日本。それを首肯するわけにいかない韓国。戦後七十年の日韓・日朝の歴史的宿題が詰まっている。

日本（人）問題として考えれば、富国強兵を絶対化した日本の近代形成史の問い直しが迫られている、負の「遺産」をも引き受けるかどうかが問われている。

9月1日

記録的酷暑、その元凶と解消法

日本の敗戦／アジア民衆の解放から満七十年の八月十五日。この原稿を書いています。

連日の猛暑日です。読者のみなさん、いかがお過ごしですか。ちなみに時評子の避暑法は、暑気払いに恰好の読書です。たとえば、五代目古今亭志ん生の落語集や花田清輝のエッセイなどです。時には避暑まがいのこともします。信州の奈川村で三十数年来、妹夫婦が民宿「若草物語」を営んでいて、学生や文学／活動仲間と〝合宿〟も愉しみますが、ほとんどは一人気ままに山を歩いて清涼な空気を満喫します。

ところが、今夏はそれもかなわず酷暑にバテ気味です。体力に陰りがみえはじめた加齢のせいではありません。気候のせいだけでもありません。元凶は言うまでもなく、安倍政権です。

「戦争法制」が参議院で審議されています。安倍首相らの言い草が、身体温度を自然の気温以上に上げます。「仲良しのアソウちゃんが殴られているのに（ケンカしているのに）助けなくていいの？」という低劣な喩えに体感温度が上がります。支持率が下がっても「政治家は人気投票してるのではない」と民意そこのけの妄言に、また上がります。「戦争にはならない」とうそぶくのを聞いて、さらに上がります。誠実も説得力もなくゴーマンだけの言い捨て発言の連発に、さらにさらに上がります。

体感温度への影響は安倍政権の暴走だけではありません。野党も相手の土俵に乗っています。「国民の理解が得られていない」といった反対論は落とし穴にはまっています。国民が「戦争法制」の正体を理解しているからこそ、反対の声が高いのです。

今年の夏、マスコミは先の戦争に関して例年以上に多面にわたって、新事実を掘り起こし、批判的に報道しています。しかし総体として「被害者意識」を克服しきれていません。たとえば、ソ連軍進攻や捕虜収容所体験などの記事・苦労譚からは、日本人がなぜ他国にいたのか、過酷な体験の根源である侵略の事実が消されがちです。

九州電力／政府は川内原発一号機を再稼動させて、「原発ゼロ」から「原発依存」に一気に逆戻りをもくろんでいます。

それやこれやで時評子の身体温度は、臨界に達しようとしています。

酷暑の原因を断たなくてはなりません。究極の暑気払いは？　言うまでもなく、安倍政権の退陣です。酷暑をものともせず街頭に出て、喉を嗄らしてさまざまに声を挙げる。一種の逆消暑法です。

安倍政権は六十日間ルールを横領して、衆議院での再可決強行を策すでしょう。でも、各界各層の「ＮＯ」の声と行動は、まちがいなく高揚しています。もしかすると、安倍首相が近頃、夜ごと見る夢は、一九六〇年に失脚した祖父岸信介の悪夢かもしれません。二〇一五年の大衆闘争は、五十五年前のそれとは様相を異にするとはいえ、その質量はたいしたもののようです。

酷暑の季節の終わりは近い。

間の抜けた「安倍談話」

戦後七十年の安倍首相談話が昨十四日夜、閣議決定で発表された。今朝の新聞で全文を読んだ。テレビ中継は見ていないが、自己陶酔ぶりが目に見える内容だ。全篇これ情緒の吐露と美辞麗句の羅列。粉飾のウラに彼の思想と言辞の詐術が透けて見える。少しだけサンプルを。

「日露戦争は、植民地支配のもとにあった、多くのアジアやアフリカの人々を勇気づけました」という我田引水。かつて戦った国の人が戦後、慰霊のために訪日してくれることを理由に「恩讐を超えて……」とうそぶく厚顔。この国の植民地支配と侵略戦争によって過酷な生死を強いられた地では、人々の怨嗟《えんさ》は消えていない、歴史の記憶は世代を超えて継がれている。韓国や中国の、為政者だけでなく民衆の声を聞けば、一目瞭然なのだ。なのに「いかなる紛争も……力の行使ではなく、平和的・外交的に解決すべきである」と謳い上げる。隣国との対話・平和外交をおろそかにしつづけている現実の前では、空疎にしか聞こえない。

　彼の意にそぐわない問題については、具体を避けて抽象化に逃げる。日本軍性奴隷問題を「戦時下、多くの女性たちの尊厳や名誉が深く傷つけられた過去」と一般化して、責任の所在を逸らす。女性の人権のために「世界をリードしてまいります」とは、おこがましい。原爆投下、空襲、沖縄戦についても「たくさんの人々が、無残にも犠牲になりました」と、戦争責任などどこ吹く風のコメント調。ホンネを隠ぺいするために、他にかこつけてごまかす。その極め付けが、「反省」と「おわび」について、「わが国は」「繰り返し表明してきました」と、言質を取られないよう逃げる。

　時評子も関わる「戦後七十年市民宣言・あいち」が、「安倍談話」に先立って「戦後七十年市民宣言」を発表した。四十名を超える呼びかけ人に呼応して、千名を超える賛同人が名を連ねた。ぜひ、こちらを読んでいただきたい。

10月1日

「平和安全保障法案」こと「戦争法案」の参院特別委。二〇一五年九月十七日十二時十分の今、院内外で強行採決に抗する闘いが続いている。締め切りが過ぎているので送稿するが、帰趨はどうあれ、闘いの終わりはない。

立ち上がる人びとの波動

この国の民衆意識が変わりつつあることを予感する。

「戦争法制」の審議が続けば続くほど、反対の声が高まる。国会周辺を埋め尽くした人びとが映像や新聞紙面を席巻する。八月三十日には抗議の市民が十三万人。その主催者発表に対して、警察が三万五千人と発表。違いを追及された警察は、ある時点、ある場所に限ったカウントだったと〝自白〟。一方、参加者側の調査では、国会前に辿りつけずに広域を埋めた参加者を含めて十万人を下らないことが〝立証〟された。波動は列島の各地に広がっている。政治権力は焦っている。

時評子は名古屋とその周辺の行動にしか参加できていないけれど、デモが出発すると、できるだけ先頭近くを歩く。目立ちたいからではない。二キロほどのコースなのに先頭と後尾では、解散地点の到着が一時間以上は違うからだ。参加者数と熱気は、自衛隊イラク派兵の時を上まわって、七〇年安保闘争以来ではないだろうか。

若者たちが目を覚まし始めている。SEALDs（シールズ 自由と民主主義のための学生緊急行動）がシンボリックに語られるが、学生ではない若者たちが増えている。なので、デモ隊の頭は白と黒が頃合よく競い合っている。そして、怒れる女性たちの赤い旅団、子を守りたいママたちの緑の旅団。デモ行進はヤボな行列ではなく、美しい風景なのだ。

「政治に関わるのはダサいと思われていたけど、もはや違う。この国を自壊させないために強い意志を持って行動する。戦争法案が通っても通らなくても、未来のために」（女子大生の発言）。

在日良心囚だった康宗憲さんが八月十三日、韓国大法院（最高裁）で元死刑囚として初めての再審無罪を勝ち取った。獄中十三年を振り返って「耐えられるのは拷問ではない、耐えられないのが拷問だ」と言い切る人だ。一九七五年に逮捕され北のスパイにでっち上げられてから四十年。時に負け戦さと見えても、闘いに敗北はない。闘いつづけるプロセスが、すでに勝利への道程なのだ――わたしたちはそのことを康宗憲さんから学ぶ。

大学が危ない

文部科学省／政府が六月に各国立大学宛て「通知」を出して、「組織の廃止や社会的要請の高い分野への転換に積極的に取り組む」ようにと注文をつけた。人文社会科学系と教員養成系の学部を廃止、改変せよ、というものだ。簡略して言えば、文学・哲学・社会科学など一人一人が思考する力を身につけて批判力を養うような学問は失くせ、理工系、経済系など体制社会にひたすら奉仕するための勉強に励め――ということ。教員も従順な先生を作るためにタガを嵌めたいということ。これは文科省の日の丸／君が代政策、国家統制と無関係ではない。

思考力と社会的批判力を身につける授業が消えつつあるのは、私立大の流れでもある。就職と資格取得に有利な科目が人気となって、カリキュラムの実利化が進んでいる。時評子も延べ三十年ほど非常勤（日雇い）講師を勤めて、その推移を実感している。

国・文科省が、思考しない／批判しない学生を作りたがっているのは企業向けのためだけではない。軍学提携が背景にある。軍事関連組織と大学との軍事共同研究の実態については、本欄4月1日（157頁）に書いた。それに付け加えれば、米海軍が資金提供して開かれた、無人ボートの技術を競う国際大会がある。それに、東京大など国立三大学の工学部学生チームが参加したとのこと。東大は軍事研究への援助を原則禁じているが、知っていて黙認したようだ。米海軍は資金提供について「（将来）米国や軍に利益をもたらす」と言ってる。この話を知って、戦争法制に反対する学生たちがいっそう輝く。


オリンピック醜聞にも「責任者がいない」

スキャンダルのツー・ショットと言えば、五輪エンブレムの盗用疑惑と国立競技場の白紙撤回。一部始終を説明する必要はないだろう。エンブレム選考委と組織委員会のトップ、作者、どれも蛙の面《つら》に小便の会見。すでに消えた準備資金を生活苦難者にまわせばどれだけの人に活かされるだろう。

文学・美術・音楽・デザインなど表現作品について剽窃かオリジナルかを判断するには、たしかに微妙な要素がともなう。とはいえ、責任（者）の所在までが不在のままとは一体、どういうことか。昭和天皇が戦争責任を回避したので、それに倣って敗戦後七十年の無責任体系が伝統になったらしい。

11月1日

9・19事態を裏から読む

9・19事態とは言うまでもなく、九月十九日未明に参院本会議で強行採決された「安全保障関連法」こと戦争準備法のことである。立法の最高機関である国会にあるまじき暴挙あるいはドタバタ劇。あの光景を映像などで読者の皆さんも見られたと思う。あの日を忘れないために、語りつぐために、「9・19事態」と名付ける。

数の暴力あるいは茶番劇が、安倍政権の正体を赤裸々にした。あれは市民の怒りの火に油を注いだはずだ。事実、採決の「無効」「不存在」と法律の「不成立」を主張する行動が始まっている。本欄10月1日（176頁）でも書いたように、あらたな市民意識が胎動して闘いはつづいている（なのに、強行採決直後の世論調査で安倍政権支持が40％台を回復したというのは七不思議の一つ）。

このコラムで時評子がおそれるのは、二番煎じとマンネリ化。それでもあえて書く。9・19事態を忘れないために。たたかいの継続のために。

昨二〇一四年九月に『クロニクル二〇一五』という長編小説を刊行した。前世紀末に周辺事態法など戦争準備法の下書き版が成立した直後から、危機感に促されて稿を起こした。時と舞台は二〇一五年なので、近未来小説ということになるが、作品ではすでに徴兵制が復活して人びとがそれを寿《ことほ》いでいる。それから十五年後の今、作中のような徴兵制はまだ布かれていない。だからといってフィクションとして、訂正する必要があるだろうか？　否である。

徴兵制はすでに存在する。「経済的徴兵」という顔をして。「派遣法」の改定による雇用環境の悪化、格差社会の放置による貧窮生活の深刻化。これはアベノミクスが無策なせいではない。端的に言って、深慮遠謀の明らかな狙いがあっての政策だ。これから困難が予想される自衛隊員（兵士）の調達に備えているのだろう。米国の腰巾着よろしく、表向き志願制を採るアメリカ型徴兵制の模倣。職なく希望ない若者たちを生活費・学費など〝経済援助〟をエサに釣りたがっている。

戦争準備法を念頭にして読むと、あれもこれもがそこに収斂する。

戦争法のドサクサにまぎれて、マイナンバーと呼ばれる制度が始まった。近代国家の出発にあたって、統一的に国民を管理する壬申戸籍が作られた。強兵富国の国是に従って徴兵制を布くのが目的の柱であったことはよく知られている。マイナンバー制度は行政サービス一元化の仮面をかむっているが、国民（若者）の資産・収入など生活状態を効率的、網羅的に把握したいのだろう。徴兵制の下ごしらえと無関係ではなさそうだ。

安倍政権の面々は戦争法制の必要性として「安全保障環境の変化」と口を揃える。その〝状況証拠〟に中国と朝鮮（ときにロシア）の動静を用いる。マスコミがそれに同調する。すでに嫌中・嫌朝感情を刷り込まれて、あたかもその感情が自己の存在証明であるかのごとく錯覚する国民が、乗せられる。しかし「変化」は、アメリカの意向に従って覇権のお裾分けに預かろうとする安倍政権が、せっせと仮構している贋作ではなかろうか。アメリカは中国と世界の番長争いをしている。朝鮮民主主義人民共和国とは停戦中である。戦争準備のためには「不純な敵」を必要とする。国民に敵の存在を信じ込ませなくてはならない。安倍政権のそんな術中に時評子は嵌りたくない。「安保環境の変化」とは、どうも枯れ尾花の類いかもしれない。

「抑止力」というのも安倍政権および戦争準備法賛成派の口癖。これも為にする本末転倒。最善の「抑止力」が隣国との善隣・友好にあることは、ごくフツーの考えだ。仮想の不安定な「現実」を作っておきながら「現実を見ていない」と批判するのは民意に対する侮蔑だろう。まさかとは思うが、安倍政権が「満州事変」や「盧溝橋」のような自作自演の暴走をしないように願う。

ぶれない沖縄、カネ妄信の政府

ユネスコが中国の南京大虐殺に関する資料を世界記憶遺産に登録した。それに対する日本政府（官房長官）の「見解」が、ちょっと恥ずかしい。相変わらず殺害された人の数のみに事件を歪曲して、あたかも事実そのものが存在しないかのようにこと挙げする。それは常套手口だが、事もあろうにユネスコに対する拠出金を取り止めると言い出した。中国が世界記憶遺産を政治利用している、というのが理由だが、どこまでもカネに物言わそうとする。否、カネに呪縛されているのだろう。

この原稿を書いているさなか、沖縄県知事が辺野古の埋め立て承認を取り消した。キャンプシュワブのゲイト前に座り込む人びと、海上抗議するカヌー隊の人たちの歓声が聞こえる。

戦争法制に対する闘いも、「終わりの始まり」に立って、「敗北のなかの光明」を見つけなければ。

12月1日

本土ナショナリズムと沖縄弾圧

辺野古新基地建設をめぐって、キャンプシュワブ・ゲート前での反対闘争に対する弾圧がいよいよ過酷になっている。現地警察に任せておけぬ、と警視庁機動隊（百五十名との証言がある）が投入されている。抵抗闘争は非暴力を貫いて、工事車両阻止のために座り込み、横たわって人間の鎖をつくり、文字通り体を張っている。その県民の意思と行動を足蹴にし、ごぼう抜きにして、警備車と鉄柵で囲った〝収容所〟に一時拘束しているという。住民は「説得」を武器に対抗している。

三里塚闘争の情景を思い出す。婦人行動隊のおっかぁたちが人間の鎖を組んで機動隊と対峙していた。機動隊には若い顔が並んでいる。おっかぁが、おまえにわしを殴れるか、逮捕できるか、と叫んだ。一瞬、機動隊員に怯《ひる》んだ表情が浮かぶ、若い隊員は母親の顔を思い浮かべたにちがいない。東北かどこかの農家出身の息子だったかもしれない。

県警の警察官たちがウチナンチューなら、反対闘争する隣人の声に心動かされて不思議はない。軍事植民地の現実に矛盾を感じ、新基地建設に納得しない警察官がいるにちがいない。警視庁機動隊の派遣には、徹底弾圧のじゃまになる空隙を埋める狙いがあるのだろう。

辺野古新基地建設をめぐる攻防は、安倍政権率いるヤマト・ナショナリズムと琉球／沖縄アイデンティティの対立であるが、「本土」も含めた民衆と国家権力との抗争でもある。

そこで問われるのが、「本土」に住む者の意思と行動。とりあえずひとつのことを言う。近頃とみに突出しつつある、沖縄差別のデマゴーグたちを駆逐しよう。

やらせの本家はだれ?

こんな文章が目にとまった。

〈(略)すくなくとも第二次世界大戦中、オピニオン・リーダーとして、日本のジャーナリズムに君臨していたような連中は、ほとんど白を黒といいくるめることの得意なやつばかりでした。かれらは、言葉の厳密な意味において、滑稽な人物だったのです。『史記』の「滑稽列伝」の注釈には、滑稽とは、「言葉たくみにまくし立てて、是を非のごとく、非を是のごとく、説き乱すことを意味する。」とあります〉

第二次大戦中にこの国のジャーナリズムを牛耳った言論人を批判しているのだが、いや待てよ、いま思い当たるフシが多々ある。そうです。安倍政権に牛耳られて劣化するマスコミの在りさま。ジャーナリズムだけではない。政権をわがもの顔にする者たちの口八丁手八丁も。

安倍政権のマスコミ介入が、目に余る。たとえばNHK『クローズアップ現代』の「やらせ」問題を奇貨とする圧力。たしかに「やらせ」は、特にテレビでは習慣化している。あるグループの活動が取材を受けたとき、あれこれと指示されて〝絵になる〟場面を撮られた経験がある。新聞のコメントでも、言ってもいない言葉が記者の意図に合わせて使われる——。他愛ないことだけれど、それらも一種の「やらせ」の慣習ではないだろうか。

けれど、声を大きくして言おう。最悪の「やらせ」は権力の介入と圧力だ。都合の悪い報道に難癖をつける、ボツにさせる、出演者を交代させる、真実を改竄《かいざん》させる、経営に横槍を入れる。目くそが鼻くそを攻撃する図は、滑稽ではなく醜悪である。

ノーベル賞の虚実

ことしもノーベル文学賞をめぐってハルキ現象の空騒ぎがかしましかった。村上春樹を毛嫌いすることはない。でも、ファンの皆さんと出版業界には申し訳ないけれど、何年越しかの熱狂と落胆には辟易している。

ノーベル賞の純粋性を疑い、政治/商業主義には眉をひそめている。とはいえ、ことしの医学生理学賞はストンと腑に落ちた。

北里大学の大村智特別栄誉教授。業績は「寄生虫による感染症に対する新たな治療法の発見」。地中の微生物が作り出す化合物「エバーメクチン」の発見だそうだ。時評子には理解できない分野だが、なんとアフリカなどで三億人以上の人々を失明の危険から救っているという。それだけで快哉の声を挙げたい。受賞会見で「微生物がいいことをやってくれているのを頂こうというだけで、自分が偉い仕事をしたとは思っていない」と語った（「受賞者は微生物です」と聞こえた）。アフリカのガーナで満面笑顔の子どもたちに囲まれてオジサン顔でVサインする写真を見た。

時評子は小学生のとき、野口英世はノーベル賞をもらえるくらい偉い人ですか、と質問したことがあった。あのとき担任の女先生はなんと答えたのだったか？

2016年

「断頭台を引く」
（無駄な仕事をやらされる）

2016年1月1日

読者の皆さん、まだまだ課題山積で「ちょっと一服」ともいかない時世ですが、まずは春風献上します。

今回から字数が少なくなりますが、お付き合いください。

新しい年に贈る最良の言葉

二〇一五年十一月十三日、パリでＩＳの犯行とされる同時テロが起きた。四百名をこえる死傷者が出て、悲惨このうえない事件である。〝テロとの戦争〟の叫喚が高まり、ＩＳへの空爆がはげしくなって、無辜《むこ》の人びとまでが死んでいる。日本政府も、伊勢志摩サミットをまえに「警備」という名の人民監視を強める。

そういう時だからこそ紹介したい二つのメッセージがある。新聞からの抄引で恐縮だが、人の感性と思想の原質を伝えてくれて、年の始めにふさわしいと思う。

「**憎しみは与えない――テロリストへの手紙**」

《金曜日の夜、君たちはかけがえのない人の命を奪い去った。私の最愛の妻、そして息子の母を。でも、私は君たちに憎しみを与えない。君たちが誰かも知らないし、知りたくもない。君たちは神の名で無分別に殺りくを行なった。もし、その神がわれわれ人間を自らの姿に似せてつくったのだとしたら、妻の体に撃ち込まれた一つ一つの弾丸が、神の心に撃ち込まれていることだろう。だから、私は決して、君たちに憎しみという贈り物を贈らない。君たちはそれを望むだろうが、怒りで応えることは、きみたちと同じ無知に屈することになってしまう。君たちは、私が恐怖し、周囲の人を疑いのまなざしで見つめ、安全のために自由を犠牲にすることを望んだ。だが、君たちの負けだ。私はまだ、私のままだ。（略）

私と息子は二人になった。でも私たちは世界のいかなる軍隊よりも強いんだ。（略）彼は毎日、おやつを食べ、私たちはいつものように遊ぶ。この幼い子の人生が幸せで、自由であることが君たちを辱めるだろう。君たちは彼の憎しみを受け取ることは決してないのだから。》

（仏ラジオのジャーナリスト、アントワンヌ・レリス。中日新聞より）

「**空爆の地に花束あるの——私たちには世界の半分しか見えていない**」

《フランスの悲しみや怒りを世界に届けるメディアは数多くある。（略）しかし、多くの市民たちを殺害し、自らの若い生命もその場に捨てたイスラームの人たちの声を届けるメディアの声は、あまりにも小さい。だから私たちには、世界の半分しか見えていない。半分は明るく、半分は暗い半月を見るようだ。（略）

半月の暗闇では、パリでそうであったように、倍返しの空爆で殺された人々に花束が積まれているのか、ローソクが惜しみなく燃えているのか、（略）それらを知ることなしに、安全な場所から明るい半月の片側だけに花束を捧げることはできない。

そこに富と自由が、ここと同じようにあるなら裁きのつけようもあるが、富も自由も乏しいなら、私たちはそれを痛み、悲しむことしかできない。アジアの辺境の島国から届けるのは爆音ではなく、平和への願いと祈りであり、それを力強いものにするために戦っている者たちが少しでもいるという希望だけだ。

大国の軍需産業の強欲の前に、世界の理性と叡智《えいち》は声もなく色褪《あ》せる。テロに軍事力で臨む時、その爆音の大きさに大義は吹き飛び、憎悪と復讐《ふくしゅう》の灰が地にも心にも積もり続ける。》

（辺野古基金共同代表・菅原文子、夫は故菅原文太さん。琉球新報より）

やみくもに〝テロとの戦い〟を叫ぶ者たちの対極にある、人間の想像力。その響きが胸にひびく。

2月1日

〝決着合意〟のまやかし

二〇一五年十二月二十九日の新聞朝刊に「慰安婦問題 日韓が決着合意」という見出しが踊った。日韓外相が前日ソウルで会談。旧日本軍「慰安婦」の処遇について「最終的かつ不可逆的に解決する」ことで両国が合意したというのだ。日本政府が「軍の関与の下に多数の韓国女性の名誉と尊厳を傷つけた。その責任を痛感」「安倍首相が心からのお詫びと反省を表明する」「元慰安婦を（医療サービスなど）支援するために韓国が財団を設立して、日本が十億円程度を拠出する」というものだ。一歩前進と評価するにしろ、譲歩に難癖をつけるにしろ、「決着合意」があたかも有効であるかのような趣を示すが、そうだろうか。

安倍首相の「責任を痛感」「お詫びと反省」は彼の歴史認識からすれば、口先のそれにすぎないだろう。「十億円拠出」を政府予算で、というのも「アジア女性基金」が不評を買い、当事者から拒否された失敗を踏まえての策にすぎないだろう。韓国の憲法裁判所の判断や民衆世論を正確に捉えれば、「日韓請求権協定」に固執して個人の請求権まで否定したままの「最終決着」など虫がよすぎる。

今回「合意」の最たるゴマカシは、当事者をまったく無視して交わされたことだ。旧日本軍性奴隷被害者からの怒りの声は痛切だ。「法的に名誉を回復してほしいというのが私たちの願いだ」「求めているのは補償ではなく賠償だ」「被害者は私たちなのに、なぜ政府が合意できるのか」「(韓国)外務省は被害者を売り払ったのか」。

被害者ハルモニたちの声に耳を傾けるなら、日本政府が国家による戦時性犯罪であることを法的に認める、金で解決する発想・方法は無効、安倍首相が当事者一人一人に謝罪し、署名した謝罪文を手渡す、いま日本社会に蔓延する誤った歴史意識を次世代に継承させないための教育を国を挙げて徹底する――それらを措いて「最終決着」は望めない。

事はそれほどに重い。日本政府はソウル日本大使館前の少女像の撤去・移設を「合意」の条件にしたようだが、国のメンツに執着して「心のなさ」を露呈した。(自民党の桜田義孝元文部科学副大臣が、なんと「従軍慰安婦は職業としての売春婦だった」と発言)。

日韓の交渉・取り決めは、たとえば〈在日〉の処遇問題を含めて、これまでも当事者の頭越しに国家権力の政治的計算で進められてきた。今回の「合意」も巷間言われるように、アメリカ政府の意向あるいは圧力に従ったものか。そうだとしたら、「戦後七十年」「日韓条約五十年」を期して解決を、といった安倍政権の〝決意〟にごまかされるわけにはいかない。現今の東アジア状況のなかで中国・朝鮮共和国を標的に画策される、米日韓の（軍事）同盟をも視野に読み取らなくてはならないようだ。

「水爆実験」寸感

朝鮮民主主義人民共和国が一月六日、水素爆弾の実験を行なったと発表した。水爆ではなく前段階の核分裂弾との指摘もある。いずれにしても時評子は、その製造／実験に反対する。

そのうえで思うのは、朝鮮共和国が国際的非難と一部の国から制裁を受けながら、なぜ核に固執するのかということ。一つの最大の理由が、対峙するアメリカとの力関係にあることははっきりしている。事実、実験のたびに核所有国としてアメリカと肩を並べる、核を持つのはアメリカの核による軍事的脅威に対する抑止力だ、と言っている。かつて一度ならずその危険に遭遇したからだろう。

「抑止力」という言葉は近頃、この国でもよく聞く。そう、安保法制／戦争法の正当性を主張する人々と政権の言葉だ。しかし、皮肉を言って済ませられる場合ではない。事は非難、制裁によって解決できると思えないからだ。諸悪の根源である冷戦／停戦という東アジアの政治構造を、なんとしても平和の構図に変えなくては。

3月1日

残す／捨てるは、「食犯罪」

「皆さん、食べものは一切れ、一粒、残さずに食べていますか」街頭のインタビューでこのような質問を行なったら、どんな応答が返ってくるだろうか。

時評子は友人知人と会食するとき、「食べ物を残すのは、犯罪だ」と口癖にしている。人生に特段のポリシィを持つこともなく、出たとこ勝負の行き当たりばったりで過ごしているが、この言葉は「主義」に近い。田舎の職人の家、八人兄弟で育った経済環境も影響しているのだろうが、飢餓や餓死の危機に直面する人びとに思いを致す。それを知ってしまった以上、食べ物を粗末にする暮らしが「犯罪」としか思えない。世界の遠い土地での話だけではない。この国でも経済の格差が食の格差となって、母子の餓死の報にさえ接する。

そんなことを日頃、思っている矢先だ。食材（食品）の横流し事件が明るみに出た。大手カレーチェーンから廃棄を依頼された冷凍カツを、産廃業者が食品卸売業者に横流し、卸売業者がそれを販売。カツだけではない。百品目を超える食品が疑いあり、と言う。

「食犯罪」の元凶は何だろう。たぶん、市場／流通のシステムとルール、そして資本主義の論理が極点に達しつつある消費社会の、あくなき欲望だろう。

新聞が二〇一二年度推計として伝えるところによると、食品メーカーや問屋、スーパーや外食など企業から排出される食品は千九百十六万トン、家庭から排出される食べ残しや買い過ぎなどの食品が八百八十五万トン。そのうち「まだ食べられる」モノが名古屋ドーム3・8個分と言う。その情景を想像すると、恐怖さえ覚える。目のくらむような「食犯罪」だ。

時評子も兼業主夫をしていてスーパーを利用するので思い当たるフシがある。期限切れ一日のパック食品を、それと知らずに買おうとしたら、レジでストップ。大丈夫、頑強な胃腸だから消費期限にこだわらない、とお願いする。しかし、ルールですから、と没収。

ムダを承知できらびやかに品揃えして消費の欲望を煽り立て、残れば廃棄する。資本主義のあくなき欲望は、どこへ行こうとしているのか(もちろん、消費者の問題でもある)。

劣化現象が連鎖する

いま最大、緊迫の問題は東アジア情勢だろう。ただし、よくもわるくも急転回するのが朝鮮半島の南北関係だから、いま少し時間を取って考えることにする。

この国/社会では、「劣化現象」としか言いようのない出来事が、ゴミ箱をひっくり返したようにマスコミを浮かれさせている。政界は言うに及ばず、スポーツ界に及んでいるのが残念。

元プロ野球のトビキリスター清原和博の覚せい剤容疑には胸が痛い。特に彼のファンではないが、野球以外の世界を知らずに五十年近く生きた男の行き着いた先がそこだった。離婚、子どもとの別れなどプライベートの問題がからんでいるらしいが、〝プロ球界の番長〟を演じさせられたナイーブな男の、それゆえの陥穽だったのなら、同情さえしたくなる。

少し前には読売ジャイアンツの三選手がトバク容疑で資格停止（実質上の追放）にされている。政界では、高市総務相の電波停止にまで言及する報道圧力発言。丸川環境相の福島第一原発事故後に国が定めた被ばく線量に対する無知な発言。妻の妊娠中に不倫した〝イクメン〟議員。スポーツ選手にまで広がる劣化と政権党の政治家の劣化との間には因果関係があるのか、ないのか。政治の支配的思想と社会の大衆観念の関係を探れば、劣化の元凶がどこにあるのか、答えが見つかりそうな気がする。しかし、答えが見つかったからといって胸くその悪さは変わらない。

スキージャンプの高梨沙羅選手の絶対的笑顔に心なごみつつ、ペンを置く。

4月1日

住民と司法がスクラム組んで

久しぶりの朗報だった。「司法は死んでいない」とは、住民勝利の際の常套句ではあるが、素直な気持ちだ。人が統御できない命の危険と経済実利とを秤にかける議論は、そもそも間違っている。そう言って再稼動を戒めた裁判長がいた。同じ視点に立って、今回は稼動中の原発を初めて止めさせた。

三月九日、関西電力高浜原発の運転差し止め仮処分訴訟の大津地裁判決。限りなく政権の走狗である原子力規制委員会の「新安全基準」を斥《しりぞ》けた。

〈有史以来の人類の記憶や記録にある事項は、人類が生存し得る温暖で平穏なわずかな時間の限られた経験にすぎないことを考えるとき、災害が起こる度に「想定を超える」災害であったと繰り返されてきた過ちに真摯に向き合うならば……〉規制委の策定基準は疑問が多い。

〈……津波対策や避難計画についても疑問が残るなど、住民らの人格権が侵害されるおそれが高いにもかかわらず〉関電は安全性を充分に説明しきれていない。

法廷論争はしばしば抽象的な法解釈に閉塞しがちだが、山本善彦裁判長らの判断は、「歴史」や「住民」「生命観」に拠っている。

にもかかわらず、要らぬ心配がアタマをもたげる。優れてあたりまえな判決なのに、担当判事たちはどれほどの葛藤を経て勇気を鼓舞しなくてはならないか。かつてある判事は「遺書」や「辞表」を用意して政治権力の意に添わない判決文を書いた、と聞いたことがある。定年まぎわならできる、弁護士に転身すればいい、ということではない。よい判断を下す裁判官が法廷からいなくなったら、この国の司法はどうなるだろう。

司法のピラミッドは、上級審にいくほど政治権力の意向をうかがう。関電は反撃を策するだろう。案の定、差し止め処分の執行停止を大津地裁に申し立てた。安倍政権と〝原子力ムラ〟は、核開発の妄執にしがみついたまま、いずれ〝平和利用〟の仮面を脱ぐだろう。

沖縄と朝鮮半島——詐術には乗らない

もうひとつ朗報があった。辺野古新基地建設の「工事中断」だ。福岡高裁那覇支部の代執行訴訟で三月四日、沖縄県と国は裁判所の「和解案」を受け容れた。名護市キャンプシュワブ・ゲート前と大浦湾海上で非暴力不退転の抵抗をつづける人びとのあいだに喜びの声が上がった。県民ひとしくの、本土から沖縄に想いをよせる者の、安堵でもあったろう。

ところが、安倍首相と菅官房長官が即日、声高に言ったのは、「唯一の選択肢は辺野古だ」「新基地建設方針に何ら変わりはない」。さらに再協議も待たずに国の出したのが「是正指示」。時評子は最初、この文字を見て何のことか飲み込めなかった。前知事の埋め立て承認を取り消した翁長知事の決定を「是正」しろ、というのだ。

いったい何のための「和解」なのか。選挙対策というのが見易い解釈だが、安倍政権の狙いは譲歩と対話のポーズを重ねて、「それなのに言うことを聞かないのは、おまえたちが悪い」と、でっち上げた理屈であとは爆走、という手口だろう。

米韓軍事演習が、これまでにない規模と露骨さでつづけられている。先制上陸攻撃、最高首脳（金正恩）「斬首」作戦訓練。この演習が核実験やロケット（ミサイル？）発射実験に対する抑止・圧力になるどころか、世界一の核とミサイル大国による挑発と威嚇行為であることは、朝鮮共和国の反応が示している。「北」にアメリカと戦火を交える軍事力はなく、〝口だけ番長〟で応戦していることは、分かっている。なのに、日本政府とマスコミが「北の脅威」「聞き分けのない国」を喧伝し、巷の市民が易々と追従している。思考不全に罹っているこの国が危ない。

権力のたぶらかし戦術には乗らないで、朝鮮半島の和解と平和協定実現のために日本人にできることをしたい。

5月1日

目取真俊の拘束とヘイト規制法

売れないことでは人後に落ちないモノ書きである。それでも小説とか文芸評論とか書いていると、ごひいきの現代作家は誰か、といったアンケートがたまに舞い込んでくる。最近も某文芸雑誌からあった。それで挙げたのが、金石範、辺見庸、そして目取真俊。

『水滴』で芥川賞、『魂込め《まぶいぐみ》』で木山捷平賞と川端康成賞を受賞した作家である。辺野古新基地建設に反対する人には、カヌーに乗って建設阻止をつづける活動がよく知られているだろう。

小説家である彼が文学／創作による抵抗ではなく、なぜ敢えて非暴力実力行動に懸けるのか。その切実な動機を『神奈川大学評論』82号のインタビューで語っている。

その目取真俊が米軍基地に拘束された。理由はキャンプ・シュワブの制限区域内に許可なく入ったからという。拉致されそうになった抗議中の仲間を助けようとしたようだ。

逮捕するとき警備員がことさらに本人を特定して目取真氏の本名を呼んだという。デモなどでも威圧のために使う手だ。基地内での八時間におよぶ拘束中、銃を持った兵士に監視されながら椅子に座らされていた、という。

目取真氏が釈放されたのは、逮捕から二日後。その間、弁護士が彼の居所を確かめようとしても県警、海保、防衛局は「知らない」と口裏を合わせた。身柄は速やかに引き渡さなくてはならないという約束は無視された。日本の当局に移されてからも、目取真氏は黙秘を通したという。

今回の逮捕劇があらためて白日にさらしたのは、沖縄米軍の治外法権的な統治の実態だろう。そしてもうひとつ。文学が政治（の不条理）とたたかうことによって成立するのだとしたら、目取真俊という行動する作家がそのことを体現している。行動と創作は乖離していないということだ。

このような暴挙を許す因《もと》には、歴史から現在にわたって沖縄に苦難と痛苦を押しつけてきた本土（人）の有形無形の差別意識がある。右翼団体や在特会らによる差別言動が、基地とたたかうオール沖縄に向けられているばかりではない。フツーのヤマトンチュの下層心理を自縛する〝無関心〟という差別の根も深い。

自民党がヘイトスピーチ規制法案なるものを国会に提出するようだ。同種の法案はすでに旧民主党などが参議院に提出して、人種などを理由とする侮辱や嫌がらせ、差別的な扱いを幅広く禁止することを盛り込んで、憎悪犯罪《ヘイトクライム》を禁止する国際基準に一定の目配りがされている。

一方、自民案は街宣活動など公然と差別的な言動をすることのみの禁止に狭めている。口実は例によって例のごとく「表現の自由」だ。「差別の自由」と「表現の自由」とどちらが優先するか、と問い詰めても、彼らには糠に釘だろう。

自民党の国会議員にオフレコを条件にホンネの思想を答えろ、と訊ねたら、三分の二以上がヘイトスピーチの信奉者だろう。その例はすでに枚挙にいとまがない。憎悪犯罪が禁止されたら、一番困るのが彼／かの女らなのだ。罰則規定がない理由はそれかも。

十八歳の政治活動に自由を

今夏の参議院選挙から投票権が付与されたと思ったら、高校生の政治活動にブレーキを掛ける動きが潜行している。「政治活動」をする場合、教育委員会と学校が生徒に「届出」を求めるというのだ。現段階で指示するかどうか「未定」「検討中」の教委が多数のようだが、背後に政治権力がある。

三月二十九日午前零時に安保法＝戦争準備法が施行された。廃止を求める声は途絶えることがない。高校生たちも合唱のなかにいる。十八歳の一票がどこへ行くか。その投票動向を怖れているのは、政権だろう。安倍首相はすでに文科省にしかるべき方策を指示しているかもしれない。

高校生の政治活動を抑圧させてはならない。

6月1日

伊勢志摩サミット狂想曲

居酒屋派時評子の庭場は名古屋駅ウラ（現駅西）で、ことにゴヒイキは立ち飲み「風ふう屋」。名古屋駅のコンコースを歩くと、警官が箱台に乗って直立不動で警備している。駅を出て信号待ちをしていると、パトカーの行き来が目につく。カウンターだけの立ち飲み店は八人も入ればギュー詰めなので、道路わきに特製テーブルを出して文字通りの立ち飲み（通行人に不都合のないように）。ときには結婚披露宴帰りの若者が大挙、集って愉しむ。

これまではそれで通っていた。ところが、どこからともなく警ら中の警官数名が現われて、風流な時間が消された。

サミットがらみの無粋だ。開催地の賢島は名古屋から特急電車で一時間半ほどなのにこの過剰演出は、名古屋駅が「玄関口」だからだろう。中部国際空港では〝テロリスト〟と警察隊がヘタな活劇まがいの訓練をしている。ましてや地元の人たちはたまらんのではないだろうか。三重県内でも賢島からは離れている鈴鹿市の人が「狂気の沙汰」と言っている。

テロ防止と称する、住民を巻き込んだ模擬訓練。現地周辺にはフェンスのカベをめぐらせて立ち入り禁止のサンクチュアリを築く。住民にはＩＣカードの通行証を携帯させる。「安全・安心」を喧伝すればするほど客の足を遠のかせて、ホテルや観光業者を泣かせている。

Ｇ7って何?

そもそも主要国＝先進国首脳会談ってなんだろう?

むずかしく考えるまでもない。要するに、政治や経済、市場主義イデオロギーのグローバル化にすぎない。七カ国（あるいは八カ国）で世界を牛耳ってしまおう、ということだ。数多ある国々の民衆にとっては屁のつっかい棒にもならない。いや、屈辱かもしれない。大国による搾取の合法化なのだから。ＡＳＥＡＮ七カ国の首脳を招くのは、正体を糊塗しようとのねらいかも。

サミットにまぎれた狂騒ぶりは、大衆支配のための演出あるいは策略と見たほうがよい。テロ対策をはじめもろもろの権力のふるまいは国民／大衆を踊らせて、内部の不満を外に対する危機感へと、はぐらかす。紋切り型の手法だ。

サミットを機にオバマ大統領が広島を訪ねて、「未来志向の核廃絶」を語るという。しかし、「謝罪はしない」と日米政府が口をそろえて前宣伝している。どうやら、歴史の過ちには知らんぷりを決め込む日米同盟らしい。

ヒロシマ・ナガサキの悲惨！　Ｇ７とはそれさえもアトラクションにするのか。

熊本大震災とヘイト

死者四十九名、安否不明一名、震災関連死十九名、けが人千六百七十九名、避難者一万四百八十名、建物損壊八万二千八百二棟（五月十三日現在）。

四月十四日（前震）と十六日（本震）に熊本県益城町《ましきまち》で震度７の激震が発生した。それから一ヵ月経った現在も余震はつづき、千回を超える。余震でさえ震度５がめずらしくない。わが家は築四十六年、耐震工事なし。想像するだに背筋が寒くなる。

「熊本の朝鮮人が井戸に毒を投げ込んだぞ」「マジ！　自警団つくらなきゃ」「井戸の水は飲まないほうがいいよ」「皆さん注意してください」。

最初の地震からわずか九分後にツイッターに現れた書き込みだ。関東大震災時の流言蜚語、デマを模倣した悪質犯だが、これにも背筋が寒くなる。他者排斥の歪んだ欲望に呪縛された心理世界。

それ以上に怖いのが、震災地で極限の苦難に遭遇している人たちにたいする想像力の、完全な欠如だ。この国／社会が崩壊するとしたら、こういう心性が蔓延する時かも。

法規制によって沈潜させるのではなく、深層から駆除するためにわたしたちは何をしたらいいか。

7月1日

少年讃歌

五月二十八日に行方を絶った七歳の田野岡大和君が六日ぶりに保護された。その間、無事を祈らない人はいなかっただろう。無事発見の報に胸を熱くした人も多いだろう。

行方を絶った場所から深い森の林道を通って五時間歩いたという、演習用の自衛隊宿舎。孤立の不安と闇の恐怖のなかを少年はひたすら歩いたのだろう。そして水道の水を頼みにマットレスのあいだで小さな体を暖め、百四十時間を生き抜いた。

発見されたとき自衛官からもらったおにぎりを掲げる大和君の写真を見た。あどけない表情に浮かぶのは安堵だけではない。少年の生きる力の証明が伝わる。退院の日、出迎える人たちにすこし照れながら小さく手をふる仕草をテレビで見た。看護師さんか誰かに言われたのだろうが、時評子は物怖じしない少年の前途を感じた。

警察は事件性はないと判断して児童相談所に連絡したという。児相が虐待の有無を判定するのだろうか。世間にはあまりに惨《むご》い子ども虐待が絶えないとはいえ、それはないよと思う。大騒動になっていなければ、子供のやんちゃにちょっとお灸をすえる、といったケースだろう。両親は五百メートル行った所から引き返して五分後には現場に戻ったという。六日間の心労を想像すれば、両親が愛情を注いで育てているという言葉を信じることができる。

たしかに過酷な経験はしばしば思い出されて、大和君を言いようのない不安にさせるだろう。こころのケアーは必須だろう。それでも、やんちゃで元気でちょっと図太そうな少年は、大人を瞠目させるような青年に生長するにちがいない。

うらよみアラカルト

♫生まれた時代《とき》が悪いのかー、それともおれが悪いのかー……。

七〇年安保のあとにそんな歌があった。いまもそんな歌詞を口ずさみたくなる時代のようだ。うらよみのネタに事欠かない。ひっきょう積み残しが溜まる。

そこで今回は一口批評ふうに順不同で書く。民衆の抵抗の武器である諷刺を効かせられるか、心もとないけれど。

アリはあらゆる意味で「闘士」だった

ムハマド・アリが六月四日、亡くなった。享年七十四歳。不世出のボクサーであったことは衆目が認める。「蝶のように舞い、蜂のように刺す」超ど級の技量で、世界ヘビー級タイトルを十九回防衛。

さらに人種差別との戦いで闘士だった。六〇年のローマで獲得した金メダルを携えてレストランに行くも差別され、怒ってメダルを川に捨てた。アトランタ五輪では最終点灯者として、パーキンソン病でふるえる手で懸命に聖火台に火を点けた。そして金メダルが再授与された。

ベトナム戦争への徴兵を「ベトナムの人びとを殺す理由は私にはない」と拒否して、世界タイトルを剝奪された。なんと三年半というボクサーには致命的なブランクののちにタイトルを奪回。ムハマド・アリはキング牧師とマルコムXに強く影響を受けて学んだのだ。

伊勢志摩サミットと選挙運動

サミットの狂騒は終わって、振り返ってみれば政権の参院選運動だった？　期間中、世界の首脳に伍して安倍首相が得意顔で突出した演出ぶり。

米大統領の広島訪問と「所信」の抽象的な美辞麗句。原爆資料館を見学したなら、なぜなまなましい人間ならでの感想を語れないのか。韓国人慰霊碑は原爆死没者慰霊碑から百五十メートルしか離れていないのになぜ無視したのか。核廃絶の具体的な工程も語れず、停滞の原因をなぜロシアと朝鮮のせいにするのか。サミット後初の世論調査（ＮＨＫ）で安倍政権の支持率が、なぜ５％以上も上がったのか。

（一口批評のはずが、紙数が尽きた。あとは次回に）

8月1日

「3分の2超」は何の前触れ？

第二十四回参院選の結果、改憲勢力の議席が3分の2を超えた（衆院は与党だけで）。改憲に否定的な有権者が50パーセントを超えるというのに、不思議な現象だ。安倍政権は九条については巧みに玉虫色を施しながら、改憲論議を先導するだろう。そして、ここぞのタイミングを計って「戦争法」のときの手口で一気に改憲発議（九条改憲）に持ち込むだろう。

いずれにしても、国民と呼ばれる有権者の選択だ。時評子は公示前のある集会で、国のかたちを変えて自壊させるとしたら、それは安倍政権ではなく大衆だ、と発言した。参院選の結果はその前触れか。しかし、逆攻に転じるのも、大衆の強みだ。そこに賭けよう。

「二人の舛添」がバトルを

舛添東京都知事が要領よく退職金をポケットにして辞職。破廉恥劇に幕が下りた。その間、舛添要一がテレビで演じた滑稽でみじめな知事の椅子への妄執ぶりは奇怪なほどだった。

時評子はふと架空のテレビ舞台を想像した。二人の舛添がトークバトルを交わす。片やマイクを振り上げんばかりに威勢のよい、こわもてコメンテーターの舛添。片や憔悴しきった様子ながら一歩も引くものかと弁解これ努める都知事舛添。いずれも舛添ではあるが対照的な分身を演じるのは名優では駄目だろう。ここは道化／トリックスターの出番だ。殴ったり逃げまどったり、脅したり泣いてみせたり、二人にして一人の舛添が演じるほかないだろう。

アスリートよ、反論しよう

五輪の利権に群がる企業や国威高揚の手段にしたい国家主義者の動向が胡散臭い。

過日、三百人ほどの代表選手が出席してリオデジャネイロ五輪の壮行会が開かれた。例によって冒頭、「君が代」が流される。歌ったのは自衛隊陸士長の女性。

その後、挨拶したのが首相時代にはシンキロウと呼ばれた、組織委員会会長の森喜朗氏。氏はさっそく説教に及んだそうだ。「どうして皆さん国歌を歌わないのですか」「表彰台に立ったら、声を大きく上げ、国歌を歌ってください」「国歌を歌えない選手は日本の代表ではない」。

「君が代」が流れる前の場内アナウンスは「国歌斉唱」ではなく「国歌独唱」だったそうだ（それでも小声で歌う選手がいたそうだから、けなげな話だ）。それより重要なのが「オリンピック憲章」。「憲章」によれば、入場式や表彰式で掲揚、演奏されるのは「国旗・国歌」ではなく「選手団の旗・歌」である。

もともと都市が主役であるはずの五輪・パラリンピックがいつの間にか国に母屋を取られてしまったとはいえ、組織委員会のトップが「選手団の旗・歌」の由来も知らないとしたら、笑いネタだ。たぶん先刻承知のうえで「国旗・国歌」を強要したのだろう。恥掻きよりも、国歌への「忠誠」を選手と国民のアタマに刷り込みさえすれば、目的は達せられるのだから。

反論の声よ、アスリートのなかから巻き起これ。

日本政府の姑息な在日差別

安倍政権による在日コリアン差別が陰に陽に進行中。見えやすいのが、朝鮮学校への就学支援金支給停止と無償化除外。朝鮮学校の児童・生徒の過半数が韓国籍・日本籍者である現状を見ると、これは「朝鮮」籍者に特化した差別ではなく、在日総体への抑圧だ。根には牢固な排外観念があり、裁判は日本国家の思想との対決になっている。

見えにくいのが、在日コリアンに対する渡航制限。法務省入管局の空港事務所では出国の際、「北朝鮮には渡航しない、渡航すれば再入国ができないと承知して出国する」との誓約書を書かされる。理由は日本政府の「独自制裁」にあるが、在日者に対するセコイ嫌がらせ以外ではない。

9月1日

リオデジャネイロ五輪と高校野球、にぎやかな二〇一六年の夏である。しかし、最大のサプライズは、明仁天皇の「生前退位」をめぐる「お気持ち」会見だろう。

天皇の心意を憶測すると

もう半世紀以上もむかしの六〇年安保闘争の前後だったか、戦後世代の文学者たちが皇太子（現天皇）に皇位継承を辞退するよう提言したことがあった。大江健三郎、石原慎太郎、江藤淳といった、「戦後民主主義」が辛うじて結集軸になりえた時代の玉石混交の顔ぶれだった。声明だったか、噂にすぎなかったか、うろ憶えの記憶だが。

それに対する現天皇の意向はどうだったか知らない。あの一件と今回の「生前退位」との関係もありそうにない。それでも天皇の気持はわかる。市井の人びとがあたりまえに味わう喜怒哀楽の人生から異質の世界に隔てられ、親子でふざけあうこともなく、見るからに普通の人であるはずなのに、人間と「象徴」という両性具有を生きなければならない。ちょっとした不具合やミステークもゆるされない不自由と緊張。ましてや老年とともに集中力がうすれ、勘違いやモノ忘れに誰もが戸惑う。それがあたりまえの人間らしさだ。「公務」にも皇位にも、定年があっていい。

それはそれとして、「生前退位」の別の理由を時評子は憶測する。

時評子の周辺では一九八〇年代後半あたりを境に、天皇制廃止の言説は影をひそめてきた。天皇制容認は、一木一草あまねく国民の心情に浸透して、90％を下らないだろう。現天皇の言行が国民的感傷を刺激してもいる。父が歴史に遺した罪責を償うためともみえる「慰霊の旅」、自発的な被災地への旅、国民目線の振舞い、しばしば表明される「深い反省」と反戦・平和の意思。一連の行動には、演出のみではなく真情の発露がかいまみえる。平和思想に偽りはないはずだ。

だからこそ時評子は憶測する。

天皇が「生前退位」を望むのは、平和主義者であることを全うしたいからではないか。在位中にこの国の「平和」が損なわれる事態には耐えられない、汚点を残したくない、そう思い悩んでいるのではないだろうか。昨今の政治の在りように危険を感じとって、天皇／象徴の地位から避難したいのかも。

さて、安倍首相は、どう思っているのだろう？

トランプ氏だけを笑っていられない

米国の大統領選が混迷の様相である。その原因の大半は共和党候補が決まったトランプ氏。彼が連発する人種差別、アメリカ第一の排外主義、他者への蔑視思想。それらはほとんど精神病理学あるいは精神分析の対象にみえる。そんな人格が、デモクラシーの本家で大統領候補に躍り出た。民主主義の手続きによって。もともと民主主義というシステムには、ヒトラー・ナチスを出産する危うさがあるとはいえ、政治の皮肉は怖い。

皮肉ついでの冗談を言えば、トランプ氏にも取柄がなくはない。彼は在日米軍基地について、日本はその費用を全部負担しろ、さもなければ米軍を撤退させる、と公約(?)している。現状すでに日本政府の〝思いやり予算〟が社会保障を阻害している。隷米の旗手・安倍政権とはいえトランプ氏の要求を受け容れるわけにはいかないだろう。それでどうなるか。米軍は日本から去る。沖縄にも清明な土地と海が帰る。

参院選で安倍政権退陣をめざしたたたかいが敗れた。東京都知事には旧防衛相小池百合子が圧勝し、新防衛相に靖国教信者の稲田朋美が就いた。古い言い方だが、タカ派の女性政治家代表二人だ。民主主義の正も非も大衆／有権者しだいとつくづく知る。トランプ氏ばかりを皮肉ってはいられない。

最後に口直しの話題を。イチロー選手が日米通算世界最多と米大リーグ三千本の安打記録を達成した。快哉。

10月1日

祭りのあとで

リオデジャネイロ五輪が終わって、今はパラリンピックのさなかである。身体の欠如を克服した選手たちの競技を見ていると、まさに「障がいは個性である」ことを見事に証明している。

話をオリンピックに戻す。こちらも身体能力の限界に挑んで人間技ともおもえず、宙に舞い、水を切り、走り、跳ぶ姿は、鳥になり、魚になり、サバンナの生きものとなって、美しかった。

なのに後味悪さが残ったのは、なぜか。「メダル」「メダル」「金」「金」の絶叫、そして新聞の日々更新される「国別メダル獲得数」の長ったらしい一覧表。「平和の祭典」が「国威ゲーム」に横領されて久しいとはいえ、一覧表作りに熱心な連中の下意識に、国をランク付けたい欲求がひそんでいないか。そうおもうと、難民選手団という計らいも影が薄れてしまう。

女子レスリングの吉田沙保里が決勝に敗れて、リングで泣きじゃくった。苦しい鍛錬のすえに四連覇を逃がした悔しさが涙になった。そうだとしても、「日本選手団の旗手として申し訳ない」という彼女の言葉は無用だった。

口直しに時評子版「ちょっとイイ場面」をいくつか。

男子マラソンで二位に入ったランナーが、ゴールの際に両腕を交叉させて（ペケ印を作って）国の政治体制に抗議の意志を示した（かつて日本選手としてマラソンで一位と三位に入った朝鮮人選手が、表彰台で植民地統治への不服従をひそかに示した。ネイティブアフリカンのアメリカ選手が表彰台で黒い手袋をはめて人種差別に抗議した）。

女子レスリングの日本選手が優勝を決めた瞬間、感極まってリング上でおじさんコーチを二度投げ飛ばした場面。コーチの受身とのコンビネーションが見事だった。陸上レースで転倒した選手に他の選手が伴走して走りつづけた場面。競技の舞台でプロポーズしてカップル誕生の場面。そして「オリンピックを愉しんだ」と笑顔で語るアスリートたちの声。

ニュース番組で断片しか見ていないけど、オリンピック的喧騒のなかでホッとさせてくれた。

この一文もここで閉幕とすればメデタシなのだが、閉会式の土壇場でずっこけた。四年後の東京を宣伝するセレモニー。それはご多分にもれず商業主義の見本みたいだったが、楽しんだ人は多かったろう。しかし……

日本国首相安倍晋三がマリオ役を仮装して登場したのが、最低だった。滑稽、ツヤ消し、厭らしく、充分に気色悪かった。なぜ安倍さんなの？　と言うのが、おおかたの町の声だった。

なぜ安倍首相なのか。イイトコドリのわがまま（独裁）おぼっちゃまの厚顔無恥か。内外でとみに高まりつつあるキナ臭い宰相の評判をやわらげる策に出たか。とすれば、平和の祭典の政治利用ということか。うら読みすればあれこれ出てくるが、国家の最高政治権力者が出る幕ではなかった。分野を問わず国民の最高人気者が登場すべきだった。

核実験と「脅威」

朝鮮民主主義人民共和国が「五回目の核実験」を行なったと報じられた。日本政府の反応は例によって「制裁強化」と「新段階の脅威」だ。安倍政権は「制裁」に効果がないことは知っている。「実験」が日本など視野にもなく対アメリカ向け示威だということも知っている（直近に訪朝したアントニオ猪木氏が軍幹部の言としてそのことを伝えている）。心底で「脅威」と感じているのなら、中国に下駄を預けるのではなく、朝鮮との対話／交渉に政治力をかけて打って出るのが本道だろう。日朝の国交正常化と朝米の戦争完全終結／平和条約に向けて。

問題の根幹には指一本動かさず、「制裁」「脅威」を騒ぎ立てるのは、むなしい所業と言うほかない。それにしても、日本国内の反応と韓国民のそれとの、冷静さの落差はなぜだろう。

11月1日

異様な情景が国会に現わる

気色悪い光景を見せられた。

九月二十六日衆院本会議での所信表明演説。安倍首相が自衛隊員や警察、海上保安庁をたたえて拍手した、得意満面の様子で。すると、自民党議員が一斉に起立、首相におもねるかのような笑顔で拍手。異常な情景が議場を席巻した。

当然ながら批判の声が上がる。「ヒトラーやスターリンのような独裁国家の個人崇拝を想起させる」「自民党は（麻生さんが進言した通りに）ナチスの手口を学んでいるらしい」「北朝鮮の議会か中国共産党大会のようだ」「子どもじみた恥ずべき行為」などなど。

おまけを付け加えれば、時評子は軍事独裁政権時代の韓国を想起した。やがてこの国も国会議事堂の内におさまらず、映画館でも上映に先立って観客が起立して「君が代」を歌わせられる、そんな日が来るのだろうか。

自然発生的に起こったのか、首相の指示（強要）なのか、自民党国会対策担当の議員が首相演説のここで起立してくれと求めたのか、そんな詮索はどちらでもよい。国対議員の指示であっても、親分首相の意を体してのことだ。もし「自然発生的」というのなら、自民議員たちの政治意識が一様に地に堕ちているということだ。

地に堕ちているのは議会制民主主義。いや民主主義そのものが言葉だけの形骸になっているのかもしれない。ならば、現政権を選んでいる有権者の責任もまぬがれない。

独裁者願望に罹患した安倍晋三の症状は重い。着々と基礎固めに励んでいる。安倍安保と「アーミテージ・ナイ報告書」との酷似、空白が予習中の「思想指導書」作り、高校教科書の集団的自衛権行使容認に関する記述に対する検定意見の多さ、大学・研究機関の軍事研究に関する防衛省の誘惑、映画「天孫降臨」を掲げて「日本の美」を謳う首相直轄「懇談会」（座長・津川雅彦）、そして沖縄県民に対する暴力的抑圧……。挙げればキリはなく、背すじが寒い。

沖縄の自治権

名護市辺野古の新基地建設をめぐって翁長知事が前知事の埋め立て承認を取り消した。国（安倍内閣）の「是正指示」を沖縄県は拒否。それに対して国が起こした違法確認訴訟で福岡高裁那覇支部は国の言い分を認めて、沖縄の人びとの民意を踏みにじった（九月十六日判決）。司法もまた政治権力の意向に屈した。

この欄でもしばしば書いてきたように、辺野古や東村高江へリパッド建設とたたかう住民の非暴力行動に対して権力の弾圧は過酷を極めている。警視庁機動隊に加えて本土の県警から警官隊が投入されている。司法と警察が硬軟セットで安倍国家権力のサシガネなのは見やすい道理だ。

オール沖縄で「自治権獲得」「完全独立」の意思がいっそう明確になりつつあるのは、必然の過程だ。一八五四年に締結された琉米修好条約が思い返される。歴史のノスタルジーではなく、独立志向の根源を証明するからだ。そのことは翻って、大和の沖縄侵略を物語る（琉球はフランス、オランダとも条約を結んでいた）。

本土に暮らすわたしたちは、独立論とどのようにリアルに向かい合えばいいか。

国籍問題のアナクロニズム

蓮舫さんが民進党の代表になった。いきなり話題になったのが日本と台湾の「二重国籍」問題。

一九八〇年代の外国人指紋押捺に対する拒否運動たけなわの頃、歌手アグネス・チャンの複数国籍（中国、香港＝イギリス、日本）が話題になった。たしかにこの国の国籍法では旧国籍を離脱しなければ日本戸籍（国籍）を取得できないことになっている。しかし、ボーダレス国家、多民族／多国籍社会があたりまえの現実／理念になりつつある今、外套を着替え忘れたにひとしい手続き上のうっかりを非難する根性は、わびしい。

蓮舫さんには、頑固一徹に安倍政権打倒で行ってほしい。

12月1日

これがアメリカだ——大統領選の怪

トリックスターとは、神話や物語世界、文学や演劇空間に登場する、いたずら者／道化などを指す。権威や秩序を撹乱して、ときに停滞する時空を甦新させる。悪者とも笑いの司祭とも知れぬ、へんてこりんな存在である。

アメリカ大統領選はまれに見る低レベルの口争い合戦を制して、ドナルド・トランプがヒラリー・クリントンを破った。本紙読者のほとんどは共和党と（女性大統領誕生の期待も込めて）ヒラリーを支持したとおもうが、不謹慎のそしりを覚悟で時評子は、トランプ勝利もありかな、と予測しないではなかった。アメリカ国家の凋落と社会の矛盾、民度の劣化、張りぼてと化したデモクラシーなどなどが証明されるだろう、との予感があったからだ。とはいえ、トランプ政権の登場が一種の悪夢には違いない。

それにしても、アメリカ大統領選挙とは何だろう。長丁場のゲームを国民が愉しむふうだった。巨大なコロシアムでカタルシスを求めて観客／市民がこぞって我を忘れているようにもみえた。

有権者全体から得た得票数ではクリントンが47・7％、トランプが47・5％。0・2％とはいえ二十三万票近い票差がある。しかし、州ごとに割りふられた五百三十八人の選挙人の投票でクリントンは敗れた。この割り当て選挙人制は、十八世紀に考えられた制度（遺物？）だといわれる。直接民主主義が泣いている。〝死に票〟二十三万人のしのび泣きが聞こえる。

まずはトランプ迷語録を。「（メキシコからの移民は）麻薬や犯罪を持ち込んでくる。レイプ犯だ」「国境に巨大な壁を造る」「パリ協定から離脱する」「イスラム教徒の入国を全面的完全に禁止すべきだ」「有名人には女は何でもやらせる。思いのままだ」「核武装結構」。

トランプ次期政権は彼が吐き散らした放言／公約（？）を実行するのだろうか。世界が危惧と好奇の目を注いでいる。予断はゆるさないが、〝豹変〟はありうる。彼はどうやら思考が苦手らしく、行き当たりばったり感情のままに吼える。言説に責任も感じないらしく、コロコロ変態する。風見鶏みたいなところもある。悪魔チックな発言の数々が、低所得・学歴の白人労働者や人種差別者向けの選挙戦略にすぎなかったとすれば、変態する可能性はある。

そんな時評子の〝読み〟が勘ぐりにすぎて、トランプが暴言通りの政治を断行すれば、世界のヒンシュクを買って、アメリカ帝国の凋落に拍車を掛けることになる。それはそれで見物《みもの》かも。トリックスター・トランプから目が放せない。

では「日米同盟」は？　トランプ勝利の報が入るや、安倍首相が早速、電話を掛けたという。トランプ派の人脈に秋波を送るべく動き出しているようだ。トランプ&安倍、なかなか似ている。「米国を再び偉大に」と「日本を取り戻す」、根っこは同じだ。排外思想も相似形。異なるのは、トランプ発言の露出趣味に対して、安倍は巧みに口禍を避けて閣僚や巷の子分たちに言わせる。「子分」とは下品な、と顔をしかめないでほしい。いまや政権の構図は、自民一家安倍組の親分・子分の様相である。

「土人」発言に怒る

十月十八日、沖縄県の米軍北部訓練場へリパッド建設工事現場で抗議する人びとに対して、大阪府警から派遣の機動隊員が「土人」呼ばわりしたという。「黙れコラ、シナ人」との暴言もあったという。

もはやこの差別事件は、一九〇三年大阪博覧会でアイヌ民族や琉球人を見世物にした「人類館事件」を想起させるといったレベルでは済まされない。二十一世紀の今、この国に厳在する権力政治の在りようと、それの表象にほかならない大衆意識の露呈だ。ヤマト者は（沖縄に対する）植民者意識・宗主国意識から解放されていない。この国がアメリカの軍事的・精神的植民地であることと、裏表の姿だ。

2017年／2018年

「小さな魚を食べる大きな魚」
（強者は弱者を犠牲に富を得る）

2017年1月1日

今回は新春号なので、わたくしごとを気楽に書く（陰の声「いつもそうみたいだけど」）。

八十歳が見えました

まずは二〇一六年の出来事。

母は一九〇八（明治四十一）年生まれで八十八歳まで生きた。父は一九〇四（明治三十七）年生まれで九十四歳まで生きた。母は農家の末娘で読み書きは不自由だったが、死の二、三年前まで畑仕事を愉しんでいた。父は十五歳から祖父の仕事を継いで印菰《しるしこも》職人になり、八十五歳くらいまでつづけた。「印菰商」というのは珍しい職種で、日本酒の四斗樽などを包む「こもかぶり」、あれに独特の書体の酒名と絵柄を描く仕事。完成までのいくつもの工程を細かく説明するのは難儀。ともかく一九七〇年代後半に大手印刷会社がプリント物を開発しても、職人の技が一目おかれてテレビや新聞がよく取材に来た。「（全国で）最後の三人」と呼ばれるまでつづけた。

時評子が健康と運動神経だけにはめぐまれたのは、そんな父母のおかげだった。医者知らずのまま後期高齢者になった。このままあと十年ほどは、と欲をかいたのが傲慢すぎたか？　六月五日に突然、「鬼の撹乱」に見舞われた。股関節から両脚に激痛がおそい、日を置いて左肩にも。三ヵ月ほどは不自由をかこって、大好きなアルコールも断った。いまは90％ほど回復。飲みすぎ習慣も復活したが、激痛発症との因果関係はないらしい。

二〇一七年には満八十歳になる（百歳の方から見れば若僧のうちだろうけれど）。教訓「加齢には謙虚でなくてはならない」。

オニノカクランのせいで二〇一六年は4分の1ほどを棒に振って、七十七枚の小説のほかには尹健次『「在日」の精神史』全三冊の書評を書いたのみ。それでも「うらよみ時評」は連載ものなのでアナは空けなかった。

カープの優勝に歓喜

嬉しいこともあった。何度、快哉を叫んだことか。広島カープの二十五年ぶりセ・リーグ優勝である。カープ・ファンでもない友人を巻き込んで何度、乾杯をしたことか。

時評子は一九五〇年に球団創設以来の生粋の赤ヘル・ファンである（赤ヘル軍団になったのは一九七五年からであるが）。カープの初代エース長谷川良平は同郷の人だった。海辺の町の野球少年は、プロ入りまえの〝小さな大投手〟とキャッチボールをして、シュートボールの投げ方を教えてもらった。

広島カープは、七五年に初のリーグ優勝を遂げるまで万年最下位候補、親会社を持たない市民球団ゆえに有名な「樽募金」によって解散をまぬがれ、原爆投下の悲惨からよみがえる広島市民のシンボルとなってきた。赤いカープ・ファンの熱情は現在に至る。

重松清の小説『赤ヘル１９７５』（講談社文庫）は、少年たちの日々を活写しながら広島の人たちの被爆体験と広島カープへの想いをかさねて描いた、傑作である。

「生きる」を見つめて

キューバのフィデル・カストロが亡くなった。時評子はチェ・ゲバラに学び、愛したけれど、アメリカ帝国と互角に渡り合った小さな国の偉大さをおもう。カストロの死は、最後の革命家を示すのだろうか。

一方で、多くの死を知って生きる意志を学んだ少年がいる。福島県から横浜市に自主避難した児童が、放射能にひっかけてばい菌扱いされたり、賠償金が入っただろうから金を持って来い、と苛められた。暴力も受けた。中学一年になった生徒は苦しみを赤裸々につづった。

手記の最後に記している。「いままでなんかいも死のうとおもった」「でも、しんさいでいっぱい死んだからつらいけどぼくはいきることにきめた」。

少年のことばに励まされて、時評子は加齢を超えて二〇一七年を元気で過ごしたいとおもう。

2月1日

読者のみなさん、幸先のよい二〇一七年を迎えられたでしょうか。この国は政界、財界、マスメディアこぞって「トランプ占い」に熱中してますが、いまのところ嵐の前の静けさのようです。

またもオスプレイ墜落

まずは昨年暮れの大事故から。

十二月十三日に米海兵隊の新型輸送機オスプレイが沖縄県名護市沖に墜落して大破した。空中給油中の不具合らしい。米海軍安全センターの判定でも最も重大な事故に当たる「クラスA」だそうだ。ところが六日後には原因の判明も説明もないまま米軍は、同機種の飛行を全面再開すると日本政府に通告。通告を受けての菅官房長官の談話が泣きたくなる。「米側の説明は防衛省、自衛隊の専門的知見に照らして合理性が認められ、空中給油以外の飛行再開は理解できる」として再開を了承した。軍関係部門の「専門的知見」とは何だろう。合理性のある事故（の説明）とは何だろう。この段階での「理解」「了承」は、宗主国アメリカさんの言うことなら何でも聞きますよという、あらかじめ用意された従米根性の吐露としか思えない。

例によって巷の人々をなめ切って、海中で機体が大破しているのに「墜落」ではなく「不時着」だなどと誤魔化そうとする。人身に被害がなければよい、というものではない。住民の生命を巻き込んだ大惨事の前触れと考えなくてはならない（軍事増強の一環であるオスプレイ配備自体を認められないことは言うまでもない）。

日本政府の今回の墜落事故に対する作為的な鈍感さは、東村高江や辺野古で民衆弾圧をしている国家的心理と無縁ではない。

「クラスA」の事故は、十二月に嘉手納基地でP８対潜哨戒機が前輪と胴体下部を損傷、さきの事故機とは別のオスプレイが普天間飛行場で胴体着陸、戦闘攻撃機FA18が高知市沖に墜落、九月に攻撃機AV8ハリアーが沖縄県沖に墜落——と立て続けに起きている。

トバク国家へ一目散？

時評子はパチンコ、マージャン、甲子園高校野球やサッカーのトトカルチョはしたことがない。宝くじも買ったことがない。世間的にはヤボ人間だろうか。競馬、競輪、競艇には足を運んだことがある。競技を愉しむためなので、券を買ったことはない。特に馬たちが疾走する姿は実に美しく、ぞっこん魅せられて競馬場に足を運んだ。

「統合型リゾート施設整備推進法」こと「カジノ解禁法」または「賭博推進法」がわずか六時間の審議で、自民議員が般若心経を唱えて成立した。これまた自民政権のバクチ国家／社会へイチモクサンの強行採決だ。

野党、マスコミ、一部世論はギャンブル依存症の蔓延と悲劇を懸念して、その対策の不備を突くが、（それもあるが）国と社会の「品格」が問われているのだ。カジノといえば聞こえはいいが、暴力団が賭場の上がりを資金源にするように、国や自治体がバクチの上がりを歳入にするようなものだ。

「鬼の霍乱」第二弾

前号で昨年六月に両脚と左肩・腕の激痛を発症して四カ月ほど悩まされた一件を書いたが、あれは前震だったようだ。昨年十二月二十三日夜に突然、典型的な脳梗塞の症状に襲われて無重力空間を浮遊しているような、自分の体が自分のものではないような、怖ろしくも不思議な体験をした。救急車で日赤病院へ。集中治療室で三日間、一般病室で十一日間、年末から新年にかけて二週間の入院治療。さいわい医師も感心するほどの回復で後遺症もなく、こうして「うらよみ時評」を書いている。発作が起きた時、体は破産状態だったけれど、それまでに蓄積したトレーニングの財産が残って、それが薬効を助けて順調な回復につながったらしい。

しかし、油断は禁物。退院の翌日からリハビリを兼ねて二キロほどのウオーキングをしている。

3月1日

世界からはぐれても、従《つ》いて行く?

いた、いた。ガキの頃、あんなのがたしかにいたね。

六十五年来の友人コーゾーはんと電話でそんなことを話し合った。コーゾーはんは中学を卒《お》えると洋服仕立て屋さんに住み込んで、二十歳代で一人立ちした。ながく仕立て屋さんをつづけたが背広やコートのオーダーメイドが廃《すた》ると、個人経営の葬儀屋を立ち上げた。一言居士の権威嫌いでウマが合って、電話を掛け合う。

「あんなの」とは、ドナルド・トランプのことである。気に入らないとすぐに咬みつく。理に合わないことを言いつのってたしなめられると、悪いのは相手だと言い張る。遊びにはキマリがあるのでそれを守れと言えば、勝つためにはキマリなど無視する。

そのトランプ氏が大統領令にサインを連発している。メキシコとの国境に〝万里の長城〟を作るというシュールリアリズム。七カ国からの一般市民のアメリカ入国を禁止（九十日間）するというリアリズムは世界から顰蹙《ひんしゅく》を買っている。七カ国とはシリア、イエメン、スーダン、ソマリア、イラク、イラン、リビア。

難民については、シリアからの受け入れは無期限停止。すべての国から百二十日間凍結など。難民の発生にはアメリカの介入政策が起因するところ少なくない。

これら一連の大統領令について連邦裁判所が見事にノーの判決を下した（二月十五日現在）。大統領令が連邦裁から虚仮にされるのは前代未聞に近いことらしいが、トランプ氏は「テロが起きたら、おまえらの責任だ」と裁判所の判断や世論に咬みついた。

本人のルーツは措くとして、移民（による土地収奪）がなかったらアメリカ合衆国という国家が成立していたかどうか。

そのトランプ氏と安倍晋三首相が会談した。日本を出発する日には辺野古新基地の海上工事突入という手土産を携えて。

トランプ別荘での滞在費をこちらの税金で持たされるかどうかは知らないけど、会食やらゴルフやらに呆けて、せっせとご機嫌取りに余念がない。揉み手する姿がくっきりと見える。トランプ氏の靴をふところに入れて暖めているかも。

トランプ氏と安倍さんは片や猛犬シェパード、片やペット犬○○と、見かけは対照的だが、前にも書いたように思想、政治手法、キャラクターが似ている。

政府や御用学者は、やんちゃ大統領相手だから、この首脳会談は得るところなくても「失敗」さえしなければ成功、などと卑屈な詭弁に逃げている。それで米企業への投資（経済）、日米同盟（軍事連携の強化）に話題を限定して蜜月を演出している。マスコミがそれに二役も三役も買っている。

対中国と朝鮮共和国政策では「協調」を約束して、ちゃっかりと敵視感情の高揚に利用している。案の定、新型ミサイルの打ち上げ実験という〝ラブ・コール〟。隣人らしく東アジアの安定のために朝米の平和条約を結べ、と進言するくらいの器量はないものか。

TPPからトンコしたアメリカを説得もできない、国際的に批判されている移民排斥／人種差別のトランプ政権に「自由」「民主」「人道」といった現代社会の基本さえ説いて聞かせることもできない、そんな「日米同盟堅持」などはシャレにもならない。ヘイト現象は世界的な潮流になっている。アメリカの内政などと逃げて、トランプ率いる排外主義に加担している。

たとえば安倍首相はドイツに飛んで、メルケル首相のレクチュアーを受けてきたらどうか。

トランプ政権は今のままの政策、言動を続けていたら、ひょっとすると転んでしまうかも。アメリカ大統領失脚なんて、まさに前代未聞の椿事が歴史のページに書かれるかもしれない。では、日本は？

どこまでもアメリカに追随して、どこへ行くのか。世界からはぐれて、アメリカ帝国の凋落史と付き合うのだろうか。

4月1日

「共謀罪」は、どこをねらう?

邪《よこし》まなとはいえ、その執念には感心する。廃案をものともせず、手を変え品を変えて登場する。弁護士や法律専門家が「治安維持法」になぞらえる「共謀罪」のことだ。

当然ながら反対の声が大きい。今朝の新聞にある共同通信社の世論調査によれば、反対が45・5%、賛成は33・0%。公明党もお印程度には難色を示した。

そこで自民党はお得意の言い換え(別名ことば遊び)で誤魔化しながら、〝修正〟で切り抜けようとしている。中身は「共謀罪」と瓜二つなのに、俗情を利用して法律名を「テロ等準備罪」に言い換える。ところが、法案全文のなかに「テロ」の文字はない。それを指摘されると急遽、「テロ」の二文字を取って付ける。のっけから馬脚はあらわれていた。狙いは「テロ等」の「等」にあるのだ。

当初、対象となる犯罪がなんと六百七十六種類。与党内部からさえ異見が出ると、五分類二百七十七に減らしたが、六割が「テロ」とは無関係。法の標的は別にある。

しばしば言われるように、「共謀罪」のおどろおどろしさは、人の内面に土足で踏み込んで、その思想、思考、心理、感情、ときには希望に至るまでを監視し、支配し、抑圧しようとするところにある。市民には先刻、解かっている。

「一般人はこの法律とは関係ない」とうそぶく。たぶん戦争法や原発や沖縄の米軍基地に反対する者は、権力の定義によれば「非一般人」なのだろう。首相が言う、「一般の団体や組織も性質が変われば、この法の対象になりうる」とは、そういうことだ。

「共謀罪」を無きものにする近道は、安倍内閣に転んでもらうしかない。ひょっとすると、今がチャンスかも。

「森友」と「あべ友」は違うの?

政治権力の牙城は、とてつもなく巨大だ。民衆が力を合わせて揺さぶっても、なかなか崩せない。ところが、妙に脆いところもある。日本の戦後政治史にも疑獄事件や首相の女性スキャンダルで政権が倒壊したことはある。実直に正面からの闘いがダメなら、スキャンダルを好機にしようと、無力な時評子はついつい思ってしまう。

スキャンダルといえば、特級のそれが「森友学園」問題。

なんとも奇天烈な学園である。入園式だか卒園式だか運動会だかに、幼稚園児たちに「安倍首相、がんばれ」「安保法制成立、おめでとうございます」などと叫ばせる。保護者には「よこしまな考えを持つ韓国人と支那人」といった文書を配る。連絡帳に領土、南京大虐殺、「慰安婦」問題などに関する新聞記事を貼り付ける。さらにあげればキリがないが、極めつけはあどけない園児たちに「教育勅語」を暗誦させていること。「教育勅語」は一八九〇年に発布されて、やがて侵略戦争のための思想教育の支柱になったものだ。わが子が家で突然、ジンムに始まる天皇の名前を並べ出して、父母が驚いたという話も聞く。

それで驚く時評子はウブなのかも。なにしろ学園理事長（問題浮上後、辞任）の籠池某は、思想、性情、日本会議仲間など非の打ちどころのない「あべ友」なのだから。その「あべ友」の子飼い・稲田朋美防衛相が、いまやスキャンダルの主役に踊り出ている。

安倍首相は帰宅するとまず母上に挨拶する、と自民党の議員から聞いたことがある。昭恵夫人は天然のオプチミストといった雰囲気があり、居酒屋ママをするくらいだから、さぞかし夫から自立した女性かも、と思ったが、そうでもないようだ。朱に交われば赤くなる、ということか。籠池某の教育方針と情熱にいたく感激して、「瑞穂の國記念小學院」こと「安倍晋三記念小学校」の名誉校長に就任したのだから。

野党もマスコミも、国有地の格安払い下げを始めズルズルと出てくるデタラメ手続きを追及しているが、根元は国粋思想のお友だち。

安倍政権がひっくり返る日を鶴首して待つ。

5月1日

あくなき暴力への欲望

朝鮮半島、ベトナム、グラナダ、アフガニスタン、イラク——そのあいまにもあまたの侵攻があった。

第二次世界大戦後のアメリカ帝国による戦争行為である。侵略史と言い直しても間違いではない。そして四月七日のシリア。アメリカはシリア空軍基地を突如、巡航ミサイルで攻撃した。アサド政権が化学兵器を使ったと決め付けての、奇襲だ。アサド政権は一貫してそれを否定している。誰もが「イラク」を想起するだろう。あのとき大量破壊兵器の所有を大義名分として宣戦布告なき爆撃を正当化したが、それらの兵器はなかった。

アメリカにとって、化学兵器を使ったのがアサド政権か、反政府軍か、それは関係ないのだろう。虎視眈々とシリアをねらっていたトランプ政権はこの機を奇貨とした。あるいは化学兵器使用の何らかの工作を諜報機関がした。そんな勘ぐりが荒唐無稽におもえないほどアメリカ帝国の戦争への欲望は宿痾《しゅくあ》となっている。

イラクでは、無辜の人びとが殺されつづけ、身体と心と生活を損壊されつづけた。トランプはシリアでも同じことをするのだろうか。

安倍首相はアメリカのシリア攻撃をいちはやく支持した。イラクで小泉首相が行なった前科のコピーのように。

安倍政権もアメリカ／トランプの並はずれた戦争欲望を頼みにしているようだ。朝鮮民主主義人民共和国に対する憎悪に急かされて。北朝鮮への「国民的憎悪」キャンペーンが効を奏して、アメリカによる先制攻撃の機は熟したと読んでいるようだ。首相と官房長官が口を揃えて、北朝鮮に「化学兵器」「サリン爆弾」があると言い出した。例によって何の確証もないままに。

マスメディアもこぞって、安倍政権お誂えの北脅威論に憑依されている。日本が危ない！ テレビ画面の向こうで横並びの顔が叫んでいる。なぜか饒舌に、ときには笑いながら。はしゃいでいるようにも見えるのが不可思議。

政治権力のデマゴギーに煽られて「世間」が理性を失えば、その国は死に体に近づく。核の「五発」と「七千発」、かつて他国を攻撃したことのない国の「実験」と「侵攻の事実」、「抑止力」と「先制攻撃」。ちょっと冷静に考えれば、それらを同列に比べることのアンフェアはすぐ判る。

朝鮮半島の惨劇を回避して東アジアの平和を構築する。そのために、せめてアメリカ／トランプの暴力を諌めるのが本筋だろう。そういうあたりまえが、今みたいな時こそ求められている。「日米同盟」とはそれに気づかせないほど血迷わせる、魔術なのだろうか。抗米のための「世界同盟」の結成が一日も早く望まれる。

人はなぜ差別が好きなの?

自衛隊内でパワハラ、いじめが増えている。ある調査で「あると思う」と答えた自衛官は二割を超えている。自殺も増えている。

自衛隊だけではない。東京電力福島原発事故からの避難者、沖縄、アイヌ、障がい者、外国籍者、性的マイノリティ、学歴など――この社会は差別といじめ、排他感情のルツボと思えてしまうことがある。人はなぜ差別することに情熱を注ぐのだろう。

差別の態様はさまざまあるが、本質は人間をランク付けることから始まるようだ。そして他者に対する想像力の欠如。ゆえに、他者意識の形成が差別を克服する、決め手になる。「他者意識」とは、別の人にとっては「自己」もまた「他者」にすぎないという考えを基にしている。「差別する人は差別される人より不幸である。なぜなら差別の奴隷になっているからだ」。なんだか「うらよみ時評」には場違いな口舌になったが、時評子が担当した授業の最後に毎年、学生たちに贈りつづけたことば。

ヘイトデモ／クライムが世界に蔓延して極右思想の発生源になっている。

6月1日

十年の闇から光のほうへ

五月九日の韓国大統領選挙。「共に民主党」前代表の文在寅《ムンヂェイン》氏が勝った。得票率41・8％、二位候補(得票率24・3％)に五百五十七万票余の差をつけて、まずは快勝といってよいだろう。誰の快勝か。言うまでもなく、朴槿恵前大統領を退陣に追い込んだ市民／民衆の勝利である。テストを終えたその足でロウソク行動に馳せ付けて、「変革」を叫ぶ中学生／高校生たちの勝利である。

不服をひとつ言えば、旧セヌリ党残党「自由韓国党」の洪準杓候補と中道とみられる「国民の党」の安哲秀候補の得票を合わせると文在寅大統領のそれを上まわることだ。政治権力への保守派の執念と欲望は半端じゃない。どんな裏技、業技《ごう》を使うか、予断を許さない。まさか！　とは思うが、安哲秀氏が保守勢力と手を結ばないことを願う。

三年ほど前になるか、NPO法人三千里鐵道が名古屋でトンイルマジ（統一迎え）の人たちと交流したことがある。トンイルマジは朝鮮半島の統一のために献身した故文益煥牧師の運動を継承する団体で、交流の場には親族の人も招かれて、次の大統領選では必ず南北の和解と統一を志向する政権を実現させる、と熱っぽく語った。時勢は朴槿恵政権の公安政治が失政を隠ぺいしていて、今回の失脚を想像するなど難しい時だったので、韓国からの来客たちの確信が、かえって印象に残った。

NPO法人三千里鐵道には、この国のマスメディアに登場する〝専門家〟に爪の垢でも煎じて飲ませたいほどの思想者が揃っている。なので、朴槿恵政権の実像に対する分析と批判は早くから的確に語られてきた。いまにして思えば朴政権出発当初から語られてきた実像の「必然」の帰結が、このほどの5・9事態とも思える。

しかし、「必然」がそれとして姿を表わすには民衆のエネルギーを借りなくてはならないだろう。「5・9」はそのプロセスを見事に可視化して見せてくれた。時評子の思想も実践もひ弱なものであるが、あらためて示唆と導きを得た。海の向こうの大衆的変革力を羨むのはあとにまわして。

文在寅政権が金大中・盧武鉉政権の十年をキッチリと取り戻し、民族の和解と協力を回復して、さらに統一のプロセスを前に進められるか。失われた九年によって損壊された関係を復旧するのは容易ではない、東アジア状況も変質させられている。それでも、闇は払われて、光が射し始めている。

ところが、文在寅政権誕生に向きあう日本政府、マスコミ、国民と呼ばれる人びとの様相には暗澹とさせられる。

政府の気がかりは、「慰安婦問題」に関する「日韓合意」が履行されるかどうか、朝鮮民主主義人民共和国に対する圧力の効き目が削がれるのではないか――その二点にしかないみたい。マスコミが政府の「広報」よろしく、その「懸念」を垂れ流す。そして「日本はいつまで謝ればいいの?」「韓国が仲良くすれば、北朝鮮の思うツボだ」といった街の声が撒き散らされる。

そもそも当事者抜きにカネで横面張って「最終的かつ不可逆的に」解決することなどできない。国会決議によって国家の責任において賠償と謝罪を宣明して(明確な首相謝罪文を添えて)、将来に生かされる戦後責任を全うするまでは、免罪されない。

政権が紋切り型に言う「安全保障環境の変化」を招いているのが、アメリカの朝鮮政策であって、脅威は米日韓の軍事同盟(その演習の実態)にある以上、朝鮮半島の安定と東アジアの非核・平和を実現するには、まず南北の対話関係の復元を措いてない。そこにコミットするのが東アジア共同体の一員である日本の役割だ。文在寅政権の登場はその千載一遇の好機なのに、非権力の大衆までが「圧力」の二文字に憑《つ》かれている。

民衆ならではの水平の思考と感性を取り戻したい。

7月1日

天皇制論議がどこかに消えて

現天皇の「退位特例法」が衆議院についで九日、参議院でも成立した。政府は退位と新天皇即位を、不測の事態がなければ、二〇一八年十二月に想定している。その際、現天皇は「上皇」、皇后は「上皇后」になるらしい。

騒ぎのなかで「天皇制」そのものの存否を問う論議は、天皇制への帰依を信心するマスメディアは論外としても、公党の間でも皆無だった。天皇をめぐる翼賛体制の風潮からみて想定済みとはいえ、権力政治を批判する言論人の間からも〝鬼っ子〟は現れなかった。それどころか、「天皇のお気持」表明を昭和天皇のそれにつぐ第二の「人間宣言だ」と、見当はずれの発言をする、反体制系の論者もいた。ことほどさように、天皇制は自明の制度なのらしい。

「お気持ち」表明で、明仁天皇は自分が「象徴」であること、加齢によって仕事を全うできるかどうか不安――と強調した。見方によっては、「元首」などと言い出す政権党のハネ帰りを牽制したともいえるが、何としても天皇制を傷つけられたくない、守りたい、との意欲でもあろう。

「天皇制は国民の総意」「国民統合の象徴」という憲法的決まり文句に違和感を抱く人は、巷にそこそこいる。天皇制廃止とか、天皇制が主権在民を邪魔しているとか、特権的存在を嫌悪しているとか。

時評子もそういう巷の庶民だ。

「貴あれば賤あり」（松本治一郎）。天皇制は人間をランク付けする意識と制度の根元である。前にも書いたが、故に天皇制は差別の起因となり結果となる。大衆の情緒と価値観が天皇制／国家権力に回収されてしまったとき、それにまつろわぬ者はまず同化を強いられ、抗えば差別による排除だ。沖縄の軍事植民地への怒りも、胸の奥底には差別に抗する意思がある。

話がフライング気味になった。

時評子が書きたかったのは、「退位特例法」論議を機に、あわよくば、と空想したことだ。国民的議論が巻き起こり、列島が収拾不能な混乱に陥り、あわよくば天皇制一時停止の状態が出現する、そして……。

もちろんそれは空想癖老年の、先刻承知の夢の戯れだった。ならば、戯れの夢物語をさらに展開させるには、どんなストーリーが可能か。「10％」が「90％」をしのぐ方法はないものか……。

おっと危ない！　キョウボーな妖怪が目の前にいた。天皇制の帽子を被り、国体護持のよれよれ服を着て。

夢の戯れも人の内面の思想？　だとすると、わが身を守るためにも、妖怪退治の気は抜けない。

珍種の強行可決

ＴＯＣ条約（国際組織犯罪防止条約）の締結に必要と強弁して、付け刃で「テロ」の二文字を加えたが、ＴＯＣ条約の目的はテロ対策ではない。そもそも今回の「改正組織犯罪処罰法」は、罪条ばかりが大判振る舞いでテロには無力だ。大衆のテロ・アレルギーとオリンピックを目くらましのネタにしたにすぎない。法の正体はといえば、社会の在り方までメッタ裂きにしかねないモノだ。人びとの侵されてはならない絶対の原理である、内心と思想と表現と行動の自由、国家権力に対する異議申し立ての権利、抵抗の権利、変革の権利――つまり不可侵の原理が軒並み侵されてしまう。

このコラムを書いている、まさにその日の六月十五日、「共謀罪」法が参院本会議で可決、成立した。法務委員会での採決を省略／略奪するというマジックを使って。

今年の流行語有力候補に「総理の意向」「官邸の最高レベル」「もりかけ」（そば）に続いて「中間報告」が躍り出た。

森友学園、加計学園とつづいて、「共謀罪」法が追い討ち。大衆蔑視の虚言と「批判は当たらない」「適法に手続きしている」の空疎なことばゲーム。さすがに、それでは誤魔化せないと気づきはじめて、自己撞着に罹りはじめたか。首相と官房長官の面相が、それぞれの仕方でやつれはじめている。

8月1日

十四歳フィーバーの行き処

ゲーム機世代はどうなのか知らないが、すくなくとも五十歳代以降の世代で将棋ルールを知らない人は、男性に限れば稀だろう。

一九五〇年代に中・高校生を過ごした時評子は、強い弱いは別として、興じたものだ。放課後に友だちの家を訪ねあって楽しむ。授業中もかまわず、ありあわせの紙に盤を描いて寄せ集めの不揃いな駒で指した。教師が見て見ぬふりなのを幸い、なかば大っぴらに（進学校ではなく、野球の私学四強なのも幸いした）。

「ゲーム」に居場所をうばわれて影が薄くなっていた将棋だが、にわかに息を吹きかえした。連日、新聞紙面、テレビをにぎわし、子ども向け将棋教室が盛況らしい。主人公が学力優秀の集う一貫校の生徒なので、思考力鍛錬と学習に役立てたいという父母たちの意向もあるらしい。

十四歳のプロ棋士藤井聡太四段のプロデビュー二十九連勝、三十年ぶり新記録の快挙である。天才、秀才、努力家、そのいずれとも縁のない時評子には、それらの違いがわからないけれど、「天才少年棋士」との文字が飛び交っている。いまやアイドルキャラで人気の加藤一二三九段や羽生善治三冠も、かつてそう呼ばれた。

藤井四段は惜しくも三十連勝を逃した。相手が格上であったにちがいないが、外野席のフィーバーぶりは影響しなかっただろうか。地元では「天才棋士」にあやかって（利用して）、地域活性化という名の〝集客・消費戦略〟の声も。沈着、冷静、聡明な人品とはいえ、なにせ未成年である。

連勝記録への再スタートが順調に進み、大輪の花を咲かせることを願う。

余計なことを考えるのは、稀勢の里の横綱フィーバーを思い出すからである。久方ぶりの日本人横綱誕生で、マスコミのはしゃぎぶりは尋常でなかった。国民こぞってそれに呼応した。時評子は危惧した。仕切り直しを繰り返して頂点に立った新横綱の艱難辛苦を、ナショナリズムの歪種が台無しにしてしまうのではないか。

稀勢の里は心配など尻目に見事、二連覇した。満身創痍の連覇が恰好の根性もの美談となって、日本ファーストのメディアと大衆感情に火をつけた。

現在、大相撲名古屋場所が連日の盛況。しかし、相撲人気復活の立役者となった稀勢の里は、無理がたたって先場所に続く休場。

ナショナリズムまがいのフィーバーが災難をもたらした、と悔し紛れに思ってみる。


自民党大敗北って、ほんと?

七月二日に投開票された東京都議選で「都民ファーストの会」が自民党の倍以上の議席を獲得した。海のものとも山のものとも知れない党派だ。

マスメディアは「自民　歴史的大敗」と一色に報道した。「安倍自民ノーの嵐」とも。事前に首相、内閣、党の支持率が軒並み急落して、官房長官のあたふたぶりがおかしくて、予想されたことだ。森友・加計学園の国有地売却にからむ「忖度」問題、「総理の意向」「官邸の最高レベル」問題、稲田朋美防衛相「自衛隊としてもお願い」の違法発言、都議選応援演説会場での「帰れ」「辞めろ」コールに対する首相の有権者侮辱口撃など、「惨敗」の原因はめじろ押しだ。

それらは有権者の不信をもっとも感覚的、容易に誘ったとはいえ、表層の理由だろう。時評子としては、「自民 歴史的敗北」の根因は、「共謀罪」法の中身と強行成立の手法があらわにする、人民主権殺しの思想にある、と思いたい。

なので小池百合子ブームに乗った〝珍現象〟を手放しでは喜べない。政治的にも思想的にも自民党亜流にすぎない小池知事。安倍チルドレンと瓜ふたつの小池チルドレンが、群れたとも見える。とはいってもこれを好機に安倍政権が退陣すれば、物怪《もっけ》の幸い。時事通信の世論調査では只今、安倍内閣の支持率が30％を割った。

9月1日

国家とたたかう高校生たち

待ちわびた判決がようやく出た。日本政府が朝鮮高校を無償化対象から除外した差別事件。学校法人大阪朝鮮学園が処分の取り消しと適用の義務付けを求めた訴訟で、大阪地裁（西田隆裕裁判長）は原告勝訴の見事な判断を下した。

名古屋地裁でも同種の訴訟が争われている。こちらは被害の直接本人が原告で、愛知朝鮮高校の卒業生／現役生（提訴時）十名。口頭弁論はすでに二十四回を数える。毎回、朝鮮高校生をふくめて大法廷の傍聴席数に倍する傍聴者が抽選の列に並ぶ。時評子も一度を除き毎回、傍聴している。

まず日本政府が適用除外の理由として上げる屁理屈の一端を書く。①「拉致事件」などで国民の理解を得られない。②朝鮮高校は「北朝鮮」（朝鮮民主主義人民共和国のこと）と在日本朝鮮人総連合会の

「不当な支配」を受けていて就学支援金が適切に使われるか不明（その物証に産経新聞記事を提出して呆れられた。のちに取り下げる）。③よって省令の一項目を廃止してまで朝鮮高校のみを除外する——というものだ。

これにたいして原告側は、民族学校の歴史をふまえ、事実認定と法理を併せて全面的に反論。問題は憲法が保障する教育の機会均等と民族教育の権利にあり、政治／外交と教育を関係させることは許されない。適用された他の外国人学校も本国に支援されて運用されていて、朝鮮学校のみを「不当な支配」とするのは、あきらかに朝鮮共和国と朝鮮総連に対する敵視政策の現われ。

言うまでもなく弁論の主役は原告自身による陳述であった。そこで語られたのは、民族学校が在日を生きる学生たちのホームランドであり、アイデンティティの根拠であること。実存を保証するその不可侵の根拠地を否定されることへの痛切な異議申し立てだった。

名古屋地裁の訴訟は証拠調べに入ったところだが、証人申請に対する裁判所の訴訟指揮をめぐって、ある難問に直面している。適用除外を決定した当時の文科大臣下村博文の証人申請を裁判所が却下したからだ。除外決定の責任者であり、その経緯を最もよく知る元大臣を証人台に立たせて尋問しなければ、十全の弁論はできない。原告代理人の意思は強く、証人却下の当日法廷でもするどく申請理由を述べた。

下村証人の申請が却下されて直後、原告代理人が選んだのは、裁判官／裁判体に対する「忌避」（かつて外国人登録法の指紋押捺拒否裁判で裁判長の訴訟指揮に抗議して傍聴者全員が立ちあがって「ウイ・シャル・オーバーカム」を歌い、警察隊が法廷に登場し、数名が監置処分を受け、全員退廷などの二度の経験を思い出してしまった）。

今回は急遽の決断だったが、事前に原告の意見を確かめたうえでの「忌避」だったのかもしれない。支援団体とも意見一致していたのかもしれない。そうであることを願うが、弁護団の独自判断としたら、すこし気になる。

素人の時評子にも、証拠調べ（下村証人尋問）にかけた弁護団の論理と意欲がハンパなものではない、手法は原理的でなくてはならない、と解かる。それでも裁判は勝たなくてはならない。裁判所におもねる、というのではない。「忌避」が間違い、というのではないが。

法廷に通って、原告はじめ学生たちは日本国家（その形と思想の不条理）そのものとたたかっているのだ、と教えられた。被告国側の応答はそれを如実に明かしている。原告の彼女／彼らが、満面の笑みと歓声で法廷の内と外を埋める日、八十歳の時評子もその場にいたい。本文を書く理由は、他にない。

七月二十八日の大阪地裁判決は被告国側の主張をほぼまんべんなく斥《しりぞ》けた。判決の瞬間、そして報告集会で、学生や父母、学校関係者が表わした喜びの躍動は、ベテラン弁護士もかつて見たことのないほどの光景だった、という。裁判闘争の意味がそこに語られている。

10月1日

ミサイルより危ないかも

日本列島が空騒ぎと平静の奇妙な混沌状況にある。

先日、久しぶりでナゴヤドームに広島カープの試合を観に行った。ビジターなのに球場に行く車内には、カープの赤いユニフォームを着た人が何人もいる。キャリーバッグを携えた六十歳代くらいの男性に声をかけて、初代エースの長谷川良平と同郷で球団結成時からのファンと自己紹介。ことばを交わすあいだに旧知みたいな気分になるのが不思議。その人は横浜から来て、先に着いてる連れ合いさんと球場で落ち合うという。

試合開始一時間前なのに、三塁側内外野のスタンドが赤く染まっている。三塁側二階席へ。まわりの観客はカープファンという一点で「お友だち」の雰囲気だ。とはいえ、カープが得点するたびに一斉に立ってバンザイし、応援歌を唄い、正体不明の喊声を上げるのには閉口する。でも、「北朝鮮の核の脅威」といって大騒ぎするよりは健全だろう、と辛抱する。

試合開始前、君が代斉唱、ご起立ください、のアナウンス。スポーツの国際試合や大相撲その他もろもろで、君が代・日の丸がやたら幅を効かせているが、プロ野球は各球場の開幕戦だけとタカを括っていたので、虚を突かれた。起立したファンが球場を一歩出たら、政権の思惑に従順な群集となる、そうおもうと、広島カープが侮辱された気にもなる。座ったまま弁当を食べている若いカップルの同志のいたのが、辛うじて救いか？

九月三日に朝鮮民主主義人民共和国が六回目の核実験（ＩＣＢＭ装着型水爆と報道されている）を行なって以後、「空騒ぎ」はますます活発になっている。はるか領空外の上空であってもミサイルの通過する地上に住む人や漁民や北海道民は、確かに不快にちがいない。しかし、皮肉なことに実験が成功しているかぎり日本列島に落ちることはない。「グアム」の場合も「日本海」の場合も。ところが、今回の実験でも北海道から千キロ以上離れた海上に着水しているのに「北海道の沖」と発表して不安がらせている。毎度ながらマインドコントロール（別名「印象操作」）の狙いが臭う。「空騒ぎ」を見てると、狙いはかなり成功している。平穏な街を嫌って不安を醸成しているようにも見える。

アラームが鳴りひびいたら、机の下に隠れましょう、地下街へ逃げましょう、防空壕に避難しましょう、電車は停めましょう、学校は休みましょう——。安倍首相は叫ぶ、「通告もなしの実験」「異次元の脅威」「最大限の憤りを以て弾劾する」「国際社会が連帯して断固、制裁、制裁、異次元の制裁を」。

かくして、善男善女もその気になる。ところが「事前通告なし」ひとつとっても怪しい。発射実験の十五日以前に国連の関係機関に通告されていたようだ。首相は母親孝行の人で、公務を終えると私邸に帰る。首相官邸に泊ることはめったにない。なのになぜか、実験の前日は官邸に宿泊した。「首相が官邸に泊ると実験が行なわれるのか」とは、ある記者の皮肉。

空騒ぎ演出の狙いがどこにあるかはバレバレだ。加計／森友学園問題、自衛隊の日報隠し／閣僚人事のお粗末、種々戦争法と軍事予算急増のアリバイ作り、日米の軍事産業応援ｅｔｃ、政権の危機を回避するための目くらまし。常套的な権力の手練手管だ。だからこそ、「踊る国民」の責任は重い。

あえて断言しよう。「北朝鮮の脅威」はフィクションである。かの国の政府が日本列島に核をぶち込むと声を荒げても、特異な外交テクニック以外のものではない。ただし、日本政府がアメリカ隷従で敵視をつづければ、その限りではない。「制裁」に効果のないことは、ほとんど明らかになっている。

本心から朝鮮半島の安定を望むなら、アジアの平和を回復したいなら、核なき世界をめざすなら、中国、ロシアの力を借りて対話の席を設ける。アメリカの首枷を外して、停戦条約を破棄／平和条約を締結するために日本政治の生命を賭ける。そちらの場所に立ってこそ、道程は拓ける。

11月1日

負ければ紙屑にされる

勝ってナンボのセカイはいろいろあるが、その最たるものが、選挙と裁判だ、と時評子は思っている。

市民運動がそれぞれの課題で独自に候補を立てて国選や首長選をすることがある。その場合、当選はとてもむずかしい。供託金没収の憂き目を見ることも少なくない。それを承知で市民の意思表示、運動の情宣と拡大をめざしてたたかう。それを無意味とは言えないが、悔しいけど、選挙は勝たなくてはならない。極端に言えば、一票の差で敗れても投じられた票は日の目を見ることができない。数が支配する「議会制民主主義」とは惨酷なものだ。

裁判はどうか。判決理由のなかで裁判所が一定の理解を示したとしても決定が敗訴であれば、それは〝リップサービス〟の類いであり、上級審でのたたかいを余儀なくされる、決定されれば、膨大な時間と努力を失きものにされる。法権力が人民を支配する「裁判」とは惨酷なものだ。

九月二十八日（奇しくも時評子の八十回目の誕生日）、安倍首相の鶴の一声みたいな手法で衆議院が解散された。「大儀なき解散」「疑惑隠し解散」その他もろもろ批判が起こっているが、選挙戦五日目なのに、もうマスコミは「自民堅調」などと予想屋よろしくうたっている。

「希望の党」などという張りぼての政党が登場して「一強の是非をめぐる攻防」が焦点化されたかに見えたが、はやくもメッキが剝げかかっている。やがて石破なにがしと小池なにがしが握手して、所詮は右翼系の政権が再生されるにすぎない、というストーリィも見え隠れしている。それでも先ずは安倍を退場させれば、この国も少しは……。

この原稿を書いている今、投票日まであと一週間。掲載日にはとっくに結果が出ている。中身がホゴになるかも知れない。なのに結果を待たずに書くのは、本コラムが「斥候《ものみ》のうた」だからだ。

いずれにしても、選挙でこの国の政治地図を変えるのは、有権者という大衆にかかっている。安倍政権延命なんてことになったら、自分で自分の首を絞める大衆の悲劇を演じることになるだろう。

アンブローズ・ビアスの『悪魔の辞典』（西川正身訳）によれば、【大衆】とは「法律制定の諸問題で無視して差し支えない要素」だそうだ。もちろんこれは大衆の存在など歯牙にもかけない権力者の専横を皮肉った〝定義〟だ。「秘密法」から「共謀罪」「衆院解散」までの安倍政権の違憲横暴ぶり見事に揶揄《やゆ》している。のみならず、昨今のこの国の「大衆」の一面を指しているらしい。今回もまた安倍政権を延命させるようなことがあれば、「大衆」は「無視して差し支えない要素」に甘んじることになるのかも。
余興のつもりではないが、もう少しビアスに聞いてみよう。
【国会】――法律を廃止するために会合を持つ人びとの集団。（この国では法律を作るためにしばしば無法をはたらく人びとの会合―時評子註）
【愛国者】――部分の利益のほうが全体のそれよりも大事だと考えているらしい人。政治家に手もなくだまされるお人好し。征服者のお先棒をかつぐ人。
【愛国心】――自分の名前を明るく輝かしいものにしたい野心を持った者が、たいまつを近づけると、じきに燃え出す可燃性の屑物《くずもの》。
【よく嘘をつく】――盛んに美辞麗句を弄する。
【雄弁】――白とは白であるように見える色を指すと、愚かな連中に口を使って思いこませる技術。その中には、どのような色でも白だと思いこませる天賦の才能も含まれている。
ビアスに聞くのはここまで。
時評子はオプチミストである。なので「立憲民主党」に期待している。今ここで、というのではないが、やがて近い時と場所で連立政権の軸になることを。

12月1日

政治と経済が野合するとき

「時の支配的な思想は支配者の思想である」とはよく言ったもので、紋切り型の観方にはよくよく警戒しなくてはならない。あたりまえと思わされていることが、実は真逆だったりする。

民主主義的な体制の国家と独裁的な体制の国家と、どちらが安心か。民主主義を標榜する国が、より脅威になることもある。議会制民主主義で「アドルフ・ヒットラー」の類型が登場するとき、「民主国家」の大統領が「独裁者」になるとき、あてがわれたメガネを外してみたら戦争マニアの民主主義国が半世紀以上も戦争しない独裁国を非難するとき、核大国が弱小核保有国をミサイルや原子力潜水艦で包囲したとき、他国の海洋進出を非難する国が、実はそれに数倍する海上進出を何十年もアジアで続けているとき。

アメリカのトランプ大統領がアジア諸国をパトロールした。

日本が行なって他の国々では（たぶん）しなかったことがある。税金を使って、ゴルフ接待。プロゴルファーまで引き連れて。国民向け人気取りと太鼓持ち外交を絵に描いた図だ（ほんものの幇間芸人には失礼だが）。

ちなみに言えば、時評子はスポーツなんでも好き人間だが、唯一嫌いなのがゴルフである。奴隷制時代に英国貴族、米国富裕者がネイティブアフリカンをキャディに使ってプレイする映像は、生理的に虫唾が走った。

隷米型おもてなしに比べると、「同盟国」でも文在寅大統領の応対は、韓国政府と国民の見識を示した。対北圧力を一部容認したとはいえ、対話の姿勢を明言して、主張すべきは主張した。レセプションに旧日本軍慰安婦を招待し、独島えびと名付けられた逸品を供したのに、日本政府は文句を付け、マスコミは皮肉った。しかし、それは天皇や拉致被害者家族との面会と五十歩百歩だろう。

かくして（トランプ大統領と安倍首相の間の）日米同盟は深化したそうだが、終わってみれば日本政府がアメリカの核攻撃を含む対北朝鮮政策の「すべての選択肢」を支持し、アメリカ製軍事兵器をしこたま買わされて、最悪の予感だけが残った。

経済とスポーツ・文化は、協力／交流を通して軍事的危機を避けるためにしばしば力を発揮するものだが、その役割は「死の証人」によって無力化されて、平和への侮辱だけが際立った。

衆院選結果と「不倫」について

十月二十二日に行なわれた衆議院選挙は、絶望的な結果に終わった。自公三百十三、改憲勢力八割。改憲勢力への若い世代の投票率が高い実態が絶望をふかめる。立憲民主党の「野党第一党」はヒットだが、五十五議席はあまりにも慎ましすぎる。だからといって悲観ばかりしているのも芸がないので、同党が一点の曇りもなくたたかうことに期待して、話柄を変える。

旧聞になるが、スキャンダルまがいの退任劇が続いた。自衛隊の日報隠しやモリカケ関与や不法選挙演説、秘書へのパワハラ傷害事件といった政治がらみのそれは当然として、曖昧な個人問題で議員を辞するというのが解からない。

「不倫」って何だろう。異議を承知で言えば、「不倫」もまた、恋愛の一形態である、と時評子は思う。妻帯／夫帯の場合に限ってその行ないが不適切だという慣習は、社会モラルの名において付与された制度だが、愛することは同性であれ異性であれ、人間に自然な原初の営みではないだろうか。だから、世間通念のバリアに阻まれて辞職した政治家が（不倫を否定して）信を得たのは悪いことではない。

また蓮舫氏が民進党代表を辞任した／させられたときも納得できなかった。アイデンティティは複合的なもの。民族的アイデンティティが台湾と日本とにあるのなら、後付けされる「国籍」はどちらであってもいい。日本籍であることが議員に法的に資格付けられているのなら、二重国籍だって合理だろう。片方（台湾籍）を放棄しろ、というのは理に叶わない。

２０１８年１月１日

読者のみなさん、新しい年おめでとうございます。今年も安倍政権の退陣と政治の不条理を糾すために運動の端っこで共に在りたいと思います。

新春号なので「わたくしごと」を書かせてもらいます。

体のためになること何でもしよう

いきなり病気の話で恐縮だが、一年前の二〇一六年十二月二十三日に突然、脳梗塞を発症した。上半身から脚にかけて皮膜の間をナメクジが這うような気色悪い感覚におそわれて、立ち上がろうとすると体がどどーと横に倒れる。まるで自分の体が自分のものでないような、無重力空間にいるような。呂律も回らない。八十年間、病気知らずで来たので青天の霹靂の不思議な体験だった。

救急車で運ばれて二週間の入院治療ののち退院した。リハビリ施設に通うこともなく、現在はほぼ完璧に回復している。血液さらさらの薬と降圧薬は欠かせないが。四キロ前後のウオーキングも再開している。

対応が早かったこと、軽症だったことも幸いしたが、六十二歳から続けた日課の七キロウオーキングとボクシングトレーナーの蓄積が薬効を助けて回復を早めたようだ。日頃の運動（もちろん社会運動も含めて）は、日々の健康のためだけではなく病気の治癒にも力を発揮する、と実感した。

今年も「運動」に精を出そう。

在日朝鮮人作家を読む会が四十年

一九七七年十二月に発足した「読む会」が四十年を経た。一九三七年に生まれた時評子が満八十歳になった。なので、人生のちょうど半分を〈在日〉文学を読み、語り、論じ、それに付き合ってきたことになる。

記録を見ると、会の参加者は延べ五千人を超える。会員名簿も二百五十人を超えて、日本人と在日コリアンがほぼ半々の割合。在日世代も一世から三世にわたる。読んだ本も複数回テキストにしたものは一冊として三百三十一冊になる。毎月の読書会形式の例会だけでなくさまざまな催し、マダンを開催してたくさんの人々が集った。

数字を並べても意味はないが、四十年間の足跡を振り返ると、気づくことがいろいろある。〈在日〉と日本人が普段着で出会い、ときにケンカ腰の議論を行ない、たがいを表現し、たがいに自分を発見し合う。そんな出会いと活動がトポスまたはマダン（時空の場）を創ってきた、と気づいた。闘いながら歩いて行けば、〈在日〉とほんとうに出会える。四十年の出会いと活動に感謝である（会の文芸誌『架橋』33号に四十年のあれこれを詳細に書いた）。

四十年の間に〈在日〉と関わる小説と評論もずいぶん書いてきたので、時評子の文学そのものが〈在日〉と並走してきたことになる。

機動隊の暴挙を裁く

沖縄における国家／警察権力の暴力を告発する裁判が始まって、時評子も原告になった。沖縄高江への愛知県警機動隊派遣違法訴訟である。二百十一名が原告になり、多くの人がサポーターになった。昨二〇一七年十月に第一回口頭弁論が名古屋地裁で始まった。百名を超える原告／サポーターが裁判所に馳せ参じた。

弁護団が提訴理由、機動隊派遣の違法性などを陳述したあと、原告の具志堅邦子さんが意見陳述。自身の体験と沖縄の苦難と闘いの歴史を、情理を尽くして語った。沖縄人民の闘いが、手を肩から上には上げないという非暴力の精神と行動によって貫かれてきた、という指摘が特に印象に残った。高江・辺野古でもそのようにたたかわれている。これは基地闘争を「暴動」と捏造する日本政府に対する強烈な反論だ。

同種の訴訟は機動隊を派遣した他の都府県でもたたかわれる。沖縄の現実と闘いをどこまで本土／わたしたちの問題と自覚し、行動できるか、それが問われる裁判でもある。

あとがき

人は生きている限り、その時々の出来事に無頓着ではいられないようです。見聞して、経験して、感じて、思考して、表現する。身体で仕事をする人、知識で仕事をする人、おしなべてそれが人の存在する理由のようです。やっかいなのは、世界が愉快なそれとはかぎらず、往々にして不条理に満ちていることです。というより、たかだか百年を生きるにすぎない人なのに、誰であれいま在る世界はいつも危機に遭遇しているのです。主体と状況の関係とはそういうことでしょうか。ならば、暮らすということは、それぞれが拠って立つ「いま、ここ」で、少しでも先に目をすえて、警鐘を鳴らすことかもしれません。

そんなふうに思いながら、この時評を「斥候のうた」と名付けました。斥候／ものみの役割は、いちはやく敵の動勢を探知して、味方に伝えることです。

この本は二〇一一年四月一日から一八年一月まで八十一回にわたって、『人民の力』というマイナーな市民運動誌に連載したものです。一一年八月号は講演録「天皇制と3・1」を掲載したので休みました。いまも連載はつづいています。

東北東日本大震災と東京電力福島原子力発電所の核爆発事故のさなかに書かれて、連載は翌月から始まりました。あまりにも重い現実からの、出発でした。

二〇一一年から現在にいたる掲載期間は、文字通り「危機に遭遇」の七年でした。とくにこの国は政治、経済、社会、人の暮らし、人びとの心性、どれをとってもいちじるしく変形して、ぬかるみにはまってにっちもさっちもいかない光景がひろがっています。自壊の前ぶれさえ想像させます。わたしが敬愛する作家、思想者、巷の人は「いまは戦争中」と言います。現実ごととして、比喩に広く意味を込めて。

ならば、口あるものは語り、体あるものは表現するほかないでしょう。口舌の徒なりに目線を地べたにすえて、底の方から、底の方から、と心がけています。

これまでずいぶん小説を書いてきました。外部世界と拮抗しながらフィクションを創っているつもりです。併走する時代の政治や社会の現実は、わたしの小説《フィクション》作品のバックグラウンドです。なので、いま書いているあとがきは、この本のあとがきであり、同時代的にたどってきた直近七年間の折々の「出来事のあとがき」とも言えます。同時にわたしの小説の「あとがき」とも。『うらよみ時評／斥候《ものみ》のうた』の途上にあって、あらためて自問しています。変革の主体である「民衆」とはだれか？

長編小説『クロニクル二〇一五』（二〇一四年）につづいて一葉社のお世話になりました。和田悌二さんと大道万里子さんお二人が連載中から注目していたということで、そういう縁があっての刊行は得難く、幸運なことです。

2018年2月7日

著　者

磯 貝 治 良（いそがい・じろう）

1937年、愛知県知多半島に生まれる。77年より在日朝鮮人作家を読む会を主宰、例会は2018年3月現在454回。文芸誌『架橋』を編集・発行して現在33号。ＮＰＯ法人「三千里鐵道」副理事長、在日コリアンとの協働を主とした社会運動、プロボクシングセコンドライセンス所持など、サイドワークも多彩に行なう。
著書に、評論『始源の光――在日朝鮮人文学論』(創樹社)、『戦後日本文学のなかの朝鮮韓国』(大和書房)、『〈在日〉文学論』『〈在日〉文学の変容と継承』(新幹社)。小説に、長編『クロニクル二〇一五』(一葉社)、『在日疾風純情伝』(風琳堂)、中短編集『夢のゆくえ』（影書房)、『イルボネチャンピョク――日本の壁』（風琳堂）など。ほかに編著『〈在日〉文学全集』全18巻（勉誠出版）。

うらよみ時評 斥候《ものみ》のうた
――地軸がズレた列島の片隅から

2018年4月19日　初版第1刷発行
定価　1800円＋税

著　　　者　磯貝 治良

発　行　者　和田 悌二
発　行　所　株式会社　一葉社
〒114-0024　東京都北区西ケ原1-46-19-101
電話 03-3949-3492 ／ FAX 03-3949-3497
E-mail : ichiyosha@ybb.ne.jp
URL : https://ichiyosha.jimdo.com
振替 00140-4-81176
装　丁　者　松谷　剛
印刷・製本所　モリモト印刷株式会社

ISBN978-4-87196-071-7